文春文庫

老いて華やぐ

瀬戸内寂聴

文藝春秋

老いて華やぐ

目次

老いて華やぐ　101

九十二歳の死生観　143

愛するということ

人間を一番苦しめる渇愛（かつあい）

人間はなぜ生まれていると思いますか?

生まれているということは私たち人間が幸福になるためだと思います。人間は一人一人全ての人が幸福になる権利があります。あなたも私も幸福になる権利があると思います。

では幸福になるとはどういうことでしょうか。

お金がたくさんある。素晴らしいうちに住んでいる。着るものがいっぱいある。世の中で地位を得た。みんなから尊敬される。そういういろんなものが手に入っても私たちはまだ本当に幸福だと思わないと思います。

私たちはそういうすべてのものを失っても誰かを愛し、誰かに愛されているという自覚があるとき、その時、一番幸福ではないでしょうか。

夜遅く目がさめて音楽を聴いている時、あるいは一人で編み物をしている時、自分はあの人を愛している、あの人に愛されているという思いがあれば、それはたとえ貧しくても幸福な思いに満たされます。それは若い時でも、あるいは死ぬときになっても、やはり私たちはそういう愛する相手がある方が幸せだと思います。

しかし困ったことに私たちは愛を手に入れると同時に、愛の喜びに倍加する、あるいは何倍もの苦しみを同時に与えられます。なぜなら、私たちは愛を得たら、この愛が永遠に続くようにと思います。いつまでもいつまでもこの愛する人と一緒にいたい、あるいは愛し合っていきたいと思います。

しかし世の中のもので変わらないというものはありません。仏教ではそれを万物流転と教えますが、全てのものは時が移り変わるように、雨の日が晴れるように、あるいは晴れの後に嵐が来るように、いろんな現象が変わります。

愛も同じです。

今、こんなに愛し合っていて、誰も入ってくる隙がないと思っているその愛に、気がつくと第三者が入ってきている。あるいは、自分はまだずっと愛しているのに相手の愛が衰えてそっぽをむいていることがある。あるいは、相手がまだ本当に自分を愛していてくれるのに、自分が相手以外の人に心を移していることがある。そういうことが、人間のどうしようもない煩悩だと思います。

煩悩というものは、人間が持って生まれた欲望、苦しみ、そういうものです。

人間の煩悩は仏教では百八つあるといいます。

除夜の鐘の音。あれは百八つ鳴るんですよ。それから、私たちが持っている数珠の数、あれも百八つあります。

百八ということは、数字の一〇八ではなくて、仏教では無限ということを意味します。

無限に持っている煩悩。あれが欲しい、これが欲しい、あの人より偉くなりたい、あの人より幸せになりたい、あるいはあの人が私よりも幸せなので憎い、そういういろんな人間の嫌な思いですね。

そういう煩悩の中でも、無限にある煩悩の中でも一番苦しい、一番人間に厄介な煩悩は、それを渇愛だとお釈迦(しゃか)様は名付けました。

渇愛というのは人間の愛を二つに分けたその一つです。喉が渇いてたまらないという渇いた愛という漢字で渇愛といいます。それは人間のセックスを伴った男女の愛を表します。私たちの数限りなく持っている煩悩の中で、男女の愛が、惚れた腫れたの愛が、一番私たちを苦しめるということ。これを二千五百年前に、お釈迦様ははっきりと指定されています。その渇愛をなくすことが人間が本当に幸せに到達する道だとちゃんと教えていらっしゃいます。

けれども私たちは、私もあなたも凡夫(ぼんぷ)ですから、凡夫というのは、つまらない迷いの多い人間ということです。死ぬまで私たちは凡夫で、おそらく死ぬまで悟りなどは開けないと思います。従って、渇愛が人間を一番苦しめる一番つらいものだと知っていながら、やはり渇愛のもたらす喜びに溺れて、私たちは渇愛の中でのたうち回って生きていくしかないんだと思います。

渇愛の他に、お釈迦様はもう一つ慈悲というのを設定しています。

慈悲というのは、あげっぱなしの愛、無償の愛のことです。渇愛の場合は、十の愛を相手に与えたら十の愛を相手に返してもらいたい。むしろ、十にプラス二を足して、あるいは三の利息をつけて返してもらいたいと思います。

相手のお誕生日に、例えば一生懸命にセーターを編んであげるとします。そうすると、自分の誕生日には、相手はもしかしたら素敵なグッチのハンドバッグを買ってくれるかもしれないなんて思います。ところが、相手はあなたの誕生日なんか忘れている。何もくれない。そうするとわたしはこんなにしてあげたのに相手はこれだけしかしてくれないと腹立たしく思います。そういうのは、自分の愛の報酬を求めている愛です。

ところが慈悲というのは、あげっぱなしの愛、愛しっぱなしの愛で、お返しを求めない愛です。この世の中には、渇愛の他にそういう愛もあるのです。

仏教ではそれを慈悲と名付けて仏の愛と考えます。

これはキリスト教も同じで、エロスとアガペに分けています。エロスが渇愛にあたる愛、アガペが慈悲です。

こういうふうに、あらゆる宗教が愛について考え、愛について私たちに教えてくれています。私たちは、とても無償の愛などを自分に持つことはできないけれども、それでも渇愛の中にのたうちながら、無償の愛があるということを時々思い出すべきだと思います。

自己愛の現れが人間の愛

それでは、人間の愛とは、どういうことか。私は非常に簡単に言うと、相手の欲するところを与え、相手の欲しないことを与えないというのが愛だと思います。ということは相手の心を想像する能力、相手の心を思いやる能力、それが愛なのです。

動物と人間の違いは、人間には想像する能力があるということです。イマジネーションを描くことができます。相手の顔色一つに、今日は何か悩みがあるのかしら、今日はどこか体が悪いのかしらと想像することができます。これは猫や犬にはありません。

私たちは愛しているからこそ相手の表情が気になります。相手の顔色が気になります。好きでもない人が青い顔をして立っていても、私たちはなんとも思わないわけです。それが人間のわがままな愛ですから。愛する人の顔色一つで、私たちは一喜一憂いたします。

そして相手が何を望んでいるんだろう、どこが苦しいんだろうというふうに悩みます。そしてそれをできるならば自分の手で与えたいと思います。それが愛だと思います。

けれども私たちは、結局は相手より自分がかわいい動物のように思います。本当に相手を愛しているならば、例えば、相手が自分との愛に飽きてきて、自分以外の人を好きになったと仮定しましょう。その場合、相手の一番欲していることは自分と別れることですから、自分が本当に相手を愛しているならば、相手の欲する別れに速やかに従うはずですけれども、なかなかそうはいきません。相手が自分以外の人を好きだというと、カッと逆上してその自分の恋人の新しい恋人を憎悪し否定して、その人が亡くなればいいというふうにまで思います。

不思議なことに、私たち人間は、自分を裏切った相手よりも自分を裏切った相手が愛した人を憎むおかしな心があります。

本当は自分を裏切った相手が悪いんですから、その人を憎むのが当たり前ですけれども、決してそうはしないで、相手の三角関係のもう一人を憎む、そんな面を持っています。

それなら、私たちの愛というのは何だろう、相手の欲するところを与えてあげることであるはずなのに、相手の要求に応じられない。つまりは自分がかわいいからです。本当は相手を愛してると思って、自分を愛しているのです。

あるとき、宇野千代(うのちよ)さんが私に話してくれました。

宇野千代さんが「私はとても好きな男ができると尽くすのよ」と言って、野上彌生子（のがみやえこ）さんにお話ししたことがあるそうです。

すると、野上彌生子さんは、

「お千代さんそれは違いますよ。あなたは好きな男に尽くすことが好きなんですよ。あなたは好きな男に尽くしているんじゃなくって、好きな男に尽くすことが好きな自分の欲望を満足させているだけよ」

とおっしゃったそうです。

私はこの話をしてくださった宇野千代さんの笑顔を忘れることができません。本当にこれは面白い、そして真理を突いた言葉だと思います。

私たちは誰かを好きになったら、こんなに尽くしてあげたとか、こんなに愛してあげたとか思いますけれども、それはその人を好きな自分が好きなんです。自分を愛してくれる相手を好きなのではなくて、自分の欲望を満たしてくれる相手が好きなんです。

つまり、自分が好きなんです。自己愛の現れが人間の愛だと思います。

ですから私たちは本当に心からあの人を愛したのにとか、あるいは親子の場合にも当てはまり、自分はあんなに苦労して子供を育てたのに、などと言うことがあります。一生懸命に育てて、試験勉強のときは夜中まで一緒に起きていろんなものを作ってあげた、病気のときには自分は夜も寝ないで看病したとか、いろんな思い出がお母さんにあります。

けれども子供が大きくなったら、お母さんよりも新しくできた若い恋人の方に心を移します。そうするとお母さんは、もうなんて親不孝な子だろう、自分の愛を踏みにじったというように怒りますが、それも結局は、子供を愛することが自分には喜びだったから愛したのです。

そのことをお母さんは忘れている。世の中の恋人たちもみんな自己愛から相手を愛したということを忘れて、そして裏切られた場合に、相手を憎み相手の不誠実を呪います。

私たちはこのことを愛の破綻が来たときに考えるべきだと思います。

そして、全てのものは移ろうと先ほど言いましたけれども、物事が移ろう中で、人間の愛の情熱ほど移ろいやすいものはないということも、私たちは覚悟しておかなければなりません。

その移ろいやすい愛をしっかりと固めようとして人は結婚します。相手を縛りつけようとします。けれども、結婚という制度は、お互いの権利を守ってはくれますけれども、愛を守ってはくれません。

夫婦の愛も自分たちで育てなければなりません。自分たちで嵐が来るのを防いだり、虫が付くのを予防したり、そういうことをしなければ、大きな大輪の花は咲かせ続けられないのです。

ユニークな女性、岡本かの子

岡本太郎さんのお母さんに、岡本かの子という人があります。この人は昭和十四年の二月十八日の観音様の日に亡くなりました。林芙美子さんや平林たい子さんや佐多稲子さん、そういう人たちとほぼ同世代のお人なのですが、昭和の文壇史に女流として最高峰を築いた素晴らしい小説家です。

そして小説家であるだけではなく、与謝野晶子の高弟として、歌人としても非常に有名でした。それからまた、岡本一平という漫画家の元祖みたいな人の立派な奥さんで、太郎さんという天才を産んだわけです。

その他に、岡本かの子は仏教研究家としても日本一になります。出家して尼さんにはならなかったのですが、在家のままで仏教の研究をしまして、ありとあらゆるお経を全部読破して独自の勉強をしました。

昭和の初めに仏教ルネッサンスと言われたころ、彼女はひっぱりだこになって、お釈迦様の教えをラジオで放送したり講演に行ったりして世の中に広めた人です。

この岡本かの子が大変ユニークな女性でした。

二子新地のお金持ちの素封家の家に生まれましたが、娘さんの頃、岡本一平に見初められまして結婚しました。岡本一平の家は京橋の近くにあり、町の書家、書道家ですね、看板の字などを書いたりご祝儀の表書を書いたりする、そういう書道家の岡本可亭（かてい）という人の息子だったのでさほどお金持ちではありません。

昔の言葉で言えば、いわゆる釣り合わない縁だったのですが、それを岡本一平の情熱でもって無理やりかの子をお嫁さんにしてしまいました。

ところが結婚しますと、男というものは、釣った魚に餌をやりません。かの子を手に入れるときの情熱はすっかり忘れてしまって、岡本一平は漫画家として成功しますと、そのお金を持って多くの取り巻きを連れ、毎日毎日遊びに行き、吉原なんぞに居続けて帰ってこなくなりました。

かの子は非常に大事に育てられ、乳母日傘（おんば）で育てられた人なので、所帯を切り盛りするのが不得手でした。ご飯を炊くことも下手だし、それからまたお風呂を焚くのに、桜炭と言ってお茶に使うような炭を何本も買ってきてそれでお風呂を焚いたりする、そういう人でした。

あるとき、岡本一平が銀座でお腹を押さえて歩いてるので、お友達が「どうしたんだ、お腹でも痛いのか」って言いますと、「いや、パンツの紐が切れた」と答えたそうです。つまり、夫のパンツの紐が切れてもそれを通してあげられない。また、岡本一平の足袋（たび）を見ると、いつも親指の破れに墨が塗ってあるんだそうです。つまり、足袋の破れも繕ってあげられない。当時としては本当に不適格なお嫁さんでした。

　けれども彼女は文学少女でしたので、愛については非常に強烈な要求を持っていました。朝起きて顔を洗ってすぐの夫に向かって「あなたは私を愛してる？」と言います。一平が面倒くさいので「愛してるよ」と答えます。今度はご飯を食べようとすると、お味噌汁をよそいながら「あなたは私を愛してる？」と言います。一平が「愛してるよ」と言うと、今度は出かけるときに後から上着を着せかけながら、「あなたは私を愛してる？」と言います。

　もうそんな面倒くさいお嫁さんはかなわないというので、一平は家に帰ってこなくなりました。一平は家にお金を入れないので、かの子はまだ小さな三つぐらいの太郎を抱え、電気も消され、ガスも止められ、真っ暗な家の中で食べるお米もなく、ただ寒さに震えながらじっとしていました。質屋に通うとか、あるいは実家に帰ってお金を借りてくるとか、そういう才覚の全くつかない人でした。本当のお嬢さんだったわけです。

普通の母親ならば、「お前のお父さんはけしからん親父だよ。私たちをこんなに飢えさせて自分は毎日毎日外で美味しいもの食べてお酒を飲んで帰ってこないんだよ、憎らしいお父さんだよ」などと言うと思います。ところが、そんなときにかの子は小さい太郎に向かって、「太郎さんや、大きくなったら、パリへ行きましょうね、パリへ行って、シャンゼリゼの下でマロニエの花を仰ぎましょうね」と言ったそうです。

自分で自分を慰めて、その寂しさと貧乏と飢えに耐えていました。

そのうちにかの子はそういう生活が続いたので、強い神経衰弱にかかりました。今で言う強度のノイローゼですね。そして、とうとう精神病院に入院してしまいました。

当時の一般的な夫ならば、妻が病気になって精神病院に入ったらもうそこで離縁なども考えたでしょう。しかし岡本一平はそこで大反省をいたしました。

自分は大貫(おおぬき)家のあんなに大切にしていた娘を無理にもらってきて、何年も経たないうちに、こんなふうに壊してしまった。普通に生活を送れないようにしてしまった。これは男として自分の責任だ、自分は自分の生涯を費やしても、かの子を幸せにしなければいけない、と決意しました。

そのようなことを病院のかの子に繰り返し言って、「君が治ったら君のために、自分は世界一幸せな女に君をしてやるよ。そのために自分はどんな犠牲でも払う」と誓ったのです。

かの子はその誓いが効いたかどうか、とにかく病気が治りました。そして、新しい生活が始まります。かの子はそのときのことを、後に小説の中に魔の時代と書いています。一平とかの子が魔界をくぐった時代というわけです。

かの子と夫と二人の男の愛

かの子は打ち捨てられたときに、一人の若い青年と恋をしています。

その青年は、かの子の歌に憧れてかの子を訪ねてきた人で、早稲田の学生だった堀切茂雄(ほりきりしげお)という人です。かの子は一平が構ってくれない寂しさから、彼と仲良くなりました。その堀切茂雄を、かの子は病気が治った後、家に同居させます。一平はそれを認めて許すわけです。

それからまた堀切茂雄が出て行った後では、新田亀三(にったかめぞう)という慶應大学のお医者さんをお家に入れます。

かの子が「パパは私が幸せになるためには何でも言うことを聞いてやるって言ったでしょ。私が小説を書きたいから、小説を書くためには慶應のあのお医者さんが必要なの」ということを言うんですね。

かの子が痔の手術をしたときにそのお医者さんが当番で、かの子の面倒を見てくれたそうです。それがとてもハンサムな美しい青年だったのでかの子はすっかり好きになってしまいます。

かの子の表現によりますと、西洋蠟燭（ろうそく）のように美しい男ということになっています。その西洋蠟燭さんはとうとうかの子に追いかけられて困ってしまい北海道まで転勤するのですが、かの子はなんと北海道まで追いかけて行き、とうとうその人を家に連れて帰って、一平と一緒に住みます。

その他にももう一人、慶應大学の学生だった恒松安夫（つねまつやすお）という人も、かの子の家に来ていました。最初は下宿してたんですが、やがて慶應の先生になりました。その恒松安夫もかの子を大変尊敬しまして、お姉さんお姉さんといって慕って、かの子も可愛がっていました。

岡本家の一人息子の太郎さんは小さい時から里子に出されたり、慶應の寄宿舎に入れられたりして、ほとんど家で育っておりません。そして家にはかの子と一平の他に、恒松や堀切とか、あるいは新田亀三とかそういう男が家にいたわけです。

そんな家庭の中でかの子は夫から愛され、そしてまた二人の男性からも愛されて、非常に変わった一つの生き方をしました。一平が、かの子と恒松安夫とそれから新田亀三と、もうその時は上野の美術学校の学生になっていた岡本太郎を連れてヨーロッパに旅をしましたときに、岡本かの子は男妾を二人連れて、亭主と一緒に旅行したと世間では評判になったそうです。けれども太郎さんは、かの子は三人の男性と一緒に暮らしながら、少しも汚い感じがしなかったと私に話してくれました。

新田亀三は美濃の奥の方の白川郷の病院の一人息子のお坊ちゃんだったので、そのお母さんが大変心配しまして、青山のかの子の家に乗り込んできました。

「どうか奥さん、うちの亀三を放してください」と言いますと、かの子はびっくりした顔をしまして、「まあ奥様、どうしてあなたはあんな素晴らしい美青年に亀三なんていう変な名前をお付けになりましたの。私は亀三なんて美しくない名前は嫌いですから、うちではもうその名前は晴美さんというのをつけています」と言ったそうです。

私は岡本かの子のことを『かの子撩乱』という小説に書いたとき、このくだりに来て驚いてしまいました。

のちに新田亀三さんにお会いしたんですけれども、彼は私の顔を見て「あなたは女でしたか」と言って驚いていました。なぜならば、彼はかの子から晴美という私と同じ名前を与えられてずっと長い間暮らしたからです。

そんなかの子は新田亀三のお母さんにさらに言ったそうです。

「あなたの息子さんは本当に素晴らしい青年で、心が美しくて優しくて聡明です。私はとても愛してます。彼も私をとても愛してます。そして二人は幸福で、その幸福を親であるお母さんのあなたが破りに来るとはどういうことですか」

驚いて家に帰ったお母さんはお父さんに報告をしました。

「私はかの子という奥さんに会って、本当に変な気がしてしまって、自分の一人息子が囚われて、あんな変な立場に置かれているんだけども、あの奥さんに会うと、本当に明るくって晴れ晴れとして清らかで、私とお宅の息子さんが愛し合ってるのに、どうしてお母さんが邪魔だてするんですかって言われたとき、本当に私は悪いことをしに行ったような気がした。人間はああいうふうに自由に愛してもいいんだ。一平さんというご主人はそういうことを全部許して認めてニコニコしてらっしゃる。ああいうふうな女の生き方もあると知って、私はお父さんに一生懸命仕えて今まで来たけれども、どうも私が間違ってたんじゃないかしら」

そう言い出したので新田さんのお父さんが今度は驚愕したという話が伝わっています。

一平はかの子の恋人が同居することを認めて許しました。

そんな生活で、一体セックスはどうなっているんだろうなどという下衆(げす)な勘ぐりを私たちはともかくしたがるものですけれども、そういうことは抜きにして、かの子は一平とそれから二人の恋人に支えられ、見事な文学作品を残しました。

一平は自分がかの子に与えた罪を償うために、かの子を世界一幸福にするためには、かの子の一番したいことをさせようと考えました。かの子の一番したいことは何か、それは小説家になることだ。それならば、小説家になるために自分があらゆる手助けをしてやろう、という論理に立ちまして、その後はかの子のために一生懸命にかの子が小説が書けるような立場と、それからお金と環境を作ってやりました。

いろいろな小説家のところへ行って、かの子の指導をしてくださいと自分から頭を下げて歩いたといいます。そういう中から生まれたかの子の小説は、本当に素晴らしく、昭和の文学史にもまた日本文学史にも残る、一級の小説だと私は信じます。

かの子の生活を見ますと、世間はとにかく不潔だとか不倫だとか、あそこの亭主はどうなってるんだとか、あの奥さんはなんて多情だとか言いがちですけれども、決してそうではないものがあるわけです。

かの子は、そういう自分の愛を無条件に認めていたかというと、決してそうではありませんでした。倫理観が強かったので、人を愛さずにはいられない、執着しなければならない自分の性癖というものに非常に悩みました。自分の人一倍強い煩悩と、人一倍強い倫理観との板挟みになって、彼女は魂がズタズタになるまで、気を狂わせるまで悩み抜いたわけです。

そういうかの子の生き方を見て育った息子の岡本太郎という人は、かの子のことをどう言っているかといいますと、

「かの子は、母親としては本当に駄目な親だった。自分は小さいときからろくに洗ったものも着せてもらえなかったし、手作りのご馳走も食べさせてもらえなかったし、いつでもお邪魔者のように六回里子に出されたり寄宿舎に入れられたりしていた。そしてまた、妻としても、十分な妻ではなかったと思う。お父さんは大変にかの子のために苦労していた。けれども、大変素晴らしい芸術家、あんなユニークなかわいい女性と大変親しく付き合ったことは、自分の生涯の幸せだ」

というように、岡本太郎の独特の表現でもってお母さんの主張をしていま

す。

こういうかの子の愛の生活を見ますと、私どもは、一夫一婦制とか不倫とか姦通とかの言葉の持つ意味を、言葉のまま単純に受け取って人を裁断したり決めつけたりすることはできないのではないかという感じがします。かの子が、決してただ情欲に流されるままの無知な人間ではなく、文学者としても大変優れていて、しかも仏教にも宗教にも関心の深い敬虔な仏教徒であった。その中で、なおかつかの子が一つの新しい愛の形を発見し、実践していった。こういうことを私たちはやはり素直に認めて、彼女の生き方からもたらされるものを、考えてみる必要があるように思います。

お釈迦様はフェミニスト

お釈迦様は二十九歳で出家されました。それまではずいぶん愛欲のことで悩まれたと思います。私は経典を読むとき、お釈迦様があまりに男尊女卑なことをおっしゃっているので不思議に思うことがあります。女は嫉妬深いとか、女は嘘つきだとか、女は男のことばっかりしか考えてないとか、女はお馬鹿ちゃんだとか、ひどいことをお釈迦様はおっしゃっています。そして、お釈迦様の義理の育てのお母さんである摩訶波闍波提(マハーパジャーパティー)という人が、どうしても出家させてくれと言ってお釈迦様にお願いして、無理やり尼さんになってしまったあとで「仏法はこれで五百年早く滅びる」と言って嘆かれたという話が伝わっています。

どうしてお釈迦様はこんなに女を嫌ったんでしょう。

今のウーマンリブの人たちが聞いたらカンカンになって怒りそうなこと、お釈迦様は女のことを駄目だ、駄目だとおっしゃっているので、よっぽどお釈迦様は若いときに女で苦労なさったのかなあと思います。

お釈迦様は、男女の不倫な愛については非常に厳しい戒めをなさいました。それからまたお釈迦様が絶対渇愛に溺れてはならないという厳しい戒律を下されたのは、出家したものに対してだけでした。

在家のもの、普通に働いている人たち、出家していない人たち、そういう人たちに対しては実に寛大な態度でした。そしてその人たちの夫婦の関係を認められて、在家の男に対する戒めとしては、自分の妻に満足しないで遊女と交わったり他人の妻と交わったりするのは破戒への入り口である、というふうに叱っておられます。

また、夫たるものは、妻に対して礼儀正しくせよ、妻を侮るな、浮気をするな、妻に権威を与えよ、妻に身を飾るものを与えよと、とてもわかりやすいお諭しをしています。

この、妻に権威を与えよとか、あるいは身を飾るものを与えよなどというのは、女性蔑視のお釈迦様にしては考えられないずいぶん粋な計らいのような気がします。アクセサリーを女房にやれ、プレゼントしろなんて、今の男性たちにもぜひ考えてもらいたいことですね。

こういう点でお釈迦様はもしかしたらやはりフェミニストだったんじゃないかなと思います。

また、お釈迦様は女心の機微にも通じていたと、この話から考えられますね。ですからやっぱりお釈迦様は若い時に女で苦労をなさったのではないでしょうか。そんなお釈迦様のもとでたくさんの尼僧が生まれました。

尼たちの正直な告白

お釈迦様に、どうしても尼さんにしてくださいと言ってお願いして尼さんになった人がたくさんおります。第一号のマハーパジャーパティーを尼さんにするときは、お釈迦様は大変逡巡して、これで仏法は五百年早く滅びるなどと言って嘆かれましたが、それからあとは女でも一生懸命に修行すれば立派な尼さんになれるということを認めて、尼さんになることをたくさんの女に許されました。

その尼さんたちが作った詩を集めた本、お経があります。七十三名の尼さんたちが詩を作りそれを集めた「テーリー・ガーター」というお経です。

長老尼偈経と訳されていますが、「テーリー・ガーター」の中に、私は出家してこの方二十五年、かつて一度も心の平和を持たなかったとか、あるいは、四度も五度も尼僧の精舎から逃げ出した、精舎で修行しても一向に心の安息が訪れず心が平安にならなかった、というような非常に正直な告白がしてあります。

それを見ても、当時の尼さんたちが決して悟りきっていたのではなく、尼さんになってもやはり最後には渇愛が残って、その中で苦しんでいたということが想像されます。彼女たちが心の平安を得て、救われるということは渇愛を滅ぼし尽くさなければならなかった。けれども彼女たちにはなかなか滅ぼし尽くすことができなかったというそういう証明だと思います。

渇愛とは梵語のトゥルシュナー、タンハーという言葉を訳したものですが、これは喉が渇いたものが水を貪り求めるように、欲望を満足させようという気持ちです。この愛は、肉欲を伴い、煩悩の中の一番つらい厳しい煩悩だとお釈迦様は教えました。

女にとって渇愛がどんなに苦しいか、それを彼女たちがその「テーリー・ガーター」の中に書き残しているわけです。

ウッパラヴァンナーの並々でない人生

特に有名な尼僧にウッパラヴァンナーという尼さんがいます。これは中国では蓮華色尼と言われております。蓮華の花の蓮華それから色と書いて尼、蓮華色尼。日本でも蓮華色尼と伝わっています。

このウッパラヴァンナーは、尼僧の中では神通力に優れた人でした。彼女はサーヴァッティーという街の商家に生まれました。小さい頃からとても美しくて、たくさんの人たちが彼女をお嫁さんに欲しいと思いました。蓮の花のように美しいというので、ウッパラヴァンナーという名がついたわけです。

年頃になると求婚者があまりに多いのでお父さんは困ってしまって、「実はあの娘は少し変わっておりまして、どうしても出家して尼になりたいなどというものですから、親の私も困っております。どうも親の言うことを一向に聞きませんので」と言って、その求婚者たちを捌いていました。もちろん一時逃れの言い訳でした。ところがそれがいつの間にやら本当になって、ウッパラヴァンナーが出家したいと言い出しました。また、一説によると、ウッパラヴァンナーの街角でウッパラヴァンナーが一人の青年と出会って一目ぼれされ、結婚したという話も伝わっています。

そのウッパラヴァンナーの作った詩が「テーリー・ガーター」の中にありまして、

「私と母は同じ人を夫にしていた。それを知ったときの驚き、身の毛もよだつその恐ろしさよ。母と娘が同じ人を共有するなんて、呪われた運命よ。汚らわしいその宿世(すくせ)よ」

とうたっています。

これを見ると、彼女の並々でない人生がうかがわれます。

ウッパラヴァンナーは最初は金持ちの凜々しい商人と結婚しました。彼女の夫は彼女の美しさ、そして聡明さにすっかり夢中になって、幸せな家庭を営みました。彼女は夫の生活力、そして自分に対する優しさに心から満足していました。

二人の間に、やがて愛の結晶が宿りました。ウッパラヴァンナーはインドの習慣通り、自分のお里へ帰って赤ちゃんを産むことになりました。夫が時々彼女のところへ見舞いにやってきます。彼女はだんだん大きくなるお腹の子を撫でながら、夫とともにその子の生まれる日を待ち、本当に幸せいっぱいでした。

やがて女の子が生まれました。彼女は、訪ねてきた夫に自分の赤ちゃんを見せようとしましたが力がでないので、彼女のお母さんがその赤ちゃんを抱いて夫に見せていました。二人が顔を寄せて、本当に幸せそうに赤ん坊を覗き込んでいます。ウッパラヴァンナーはその二人の姿に何の疑いも抱きませんでした。

ところが、後でふと水が飲みたくなってお母さんを呼んだけれども出てきてくれません。彼女は台所の方に向かいました。そうすると、台所に近いお母さんの部屋で変な呻き声がします。彼女はハッと足を止めました。

それは夫とお母さんが愛し合っている声でした。

彼女は扉をそっと開けて、とうとう二人の姿を見てしまいました。産後の血が逆上するほど、彼女は驚きました。

自分の産みの母親と自分が産んだばかりの赤ん坊のお父さんが愛し合っていた。女にとってこんな恐ろしい、残酷な出来事はありません。

それから何年か経ったある朝、ウッパラヴァンナーは密かに開けておいた裏側の門から誰にも見咎められずに屋敷の外へ出て、方向も定めず夢中で歩き続けました。何日も歩き続けてベナレスの町外れに辿り着いた頃には、もうひもじさと疲れで一歩も歩めなくなっていました。滔々（とうとう）と流れるガンジス川のほとりで、ウッパラヴァンナーは乞食のように蹲（うずくま）ってそのうち気を失っていました。

この広い大きな悠久の流れの中にひと思いに身を投げてしまったら、自分のこの苦しさも一気にかき消えるだろう。そう思ったのが、気を失う前の彼女の気持ちでした。

気がつくと、誰かが揺り起こしていました。美しい身なりをした顔色の良い、見るからに金持ちらしい男が「どうしたのか、体でも悪いのか。死んだようになって気を失っていたので声をかけたんだよ」と言っています。

「ありがとうございます。ただ疲れ切って動けないだけでございます」

彼女はやっと言葉を出しました。

男は召使に命じて、ウッパラヴァンナーを馬の上に掲げあげました。あまり惨めな姿をしていたので助けてやらなければならないと思ったんでしょう。

別れた夫より幾分年上の男は、去年妻を亡くしたばかりでした。家に連れて帰ってきて、体を洗わせ綺麗な着物を着させますと、乞食のようなウッパラヴァンナーが輝くような美しさを現しました。その男は、非常に喜んで、やがて彼女を自分の妻にしました。

男は有能な商人で、ウッパラヴァンナーを得てからもよく働きましたので、ますますお金が貯まりました。ウッパラヴァンナーは、思いがけない幸せを得て、前の夫の元に残してきた子供のことを忘れないながらも、自分の幸福に溺れて、たちまち七、八年の月日が過ぎてしまいました。

そんなある日、ウッパラヴァンナーの夫が商用で旅に出ることになりました。ウージェニーに行くと聞き、ウッパラヴァンナーは驚きました。偶然にも自分が家を出たあの忌まわしい街です。

どうかそこだけは行かないでほしいと頼みましたけれども、夫はそこにしか商売の目的がないのだからききません。仕方なく仕事が終わったらすぐ帰ってきてくるようにウッパラヴァンナーは頼みました。どうしてそんなことを気にするんだと、不思議そうに夫は出かけていきました。

彼はウージェニーの街で、一人の美しい少女を見つけました。その少女は自分の妻とたいそう似ています。妻を若くしたら、きっとこんな少女だろうと思うような美しい少女でした。そして、その父親が商売上の取引の相手でしたので、彼はすっかり喜んで自分のお嫁さんに欲しいと言いました。一夫多妻のインドですから、そういうことは何でもありません。少女のお父さんも、その商人が非常に楽しい人だったので、喜んで娘を預けました。

男は娘を、新しいお嫁さんを連れて、自分の家に帰ってきました。待ち構えていたウッパラヴァンナーは思いもかけず若い娘を妻にしてきた夫を見て、本当にびっくりしてしまいました。

けれども、夫がその新しい妻を愛し、非常に幸せそうだったので、自分の悲しみは隠して、なるべく嫉妬を表すまいとしていました。

ある時、その若いお嫁さんが、古いお嫁さんであるウッパラヴァンナーに挨拶に来ました。ウッパラヴァンナーは一目見て、その若い妻の、第二夫人のかわいらしさに思わず微笑んでしまいました。

「なんてかわいらしい人でしょう、ここへいらして、髪を梳いてあげましょう」

そんなことを言って鏡の前に座らせ、ウッパラヴァンナーは少女の髪を梳き始めました。すると、頭に小さな傷が見つかりました。その傷がウッパラヴァンナーにある記憶を呼び覚ましました。

自分の赤ん坊の頭を傷つけてしまったことがあったのです。

思わず震える声で「あなたはウージェニーの人でしたね、お父さんの名前は何ておっしゃるの」と聞きました。すると驚いたことにその若い第二夫人が彼女の昔の夫の名を呼びました。

彼女は驚きました。それではこの娘は自分の生みの娘だったのか、そうすると自分はお母さんと一人の夫を共有したばかりか、自分の生みの娘とまた一人の夫を共有してしまった。なんていう恐ろしい運命が自分には取りついているんだろうと非常に悩みました。

そしてまた彼女は夫の家を出ました。自分の浅ましい運命を呪いながら、ウッパラヴァンナーは夢遊病者のように街を歩いていきました。

人間の存在そのものが苦しみ

マガダ国のラージャガハというところでは、尊いブッダ、すなわちお釈迦様がいて、人々に教えを説いているということを聞きました。どうせ死ぬのならせめて尊いお説教でも聞いて、自分の運命の汚れを清めてから死んでいきたい。そう思って、彼女は旅を続けました。

ウッパラヴァンナーがお釈迦様のいらっしゃる竹林精舎に着いたときは、お釈迦様は、池の端の大きな木の下に座ってお説教をしている最中でした。その周りに弟子たちをはじめ、たくさんの町の人たちが幾重に取り囲んでいました。彼女は人垣の後ろからそっと木の下の人を見ました。

お釈迦様は美しい顔に汚れのない澄み切った目をして、清らかな額からははっきりと光が矢のように四方に放たれていました。お釈迦様の頭の上にも光の輪がかかっているようにウッパラヴァンナーには見えました。

お釈迦様の声は澄んで静かでよく通りました。

人間はこの世に苦しむために生まれてきたのだ。そのことを忘れてはいけない。

お釈迦様の言葉にウッパラヴァンナーは思わずはっとして、人々の背後から立ち上がりました。

人間はこの世に苦しむために生まれてきて、そのことを忘れてはいけない。

それは自分一人に向かって言われたと思いました。

「お願いです助けてください、この世になぜ苦しむだけのために人は生まれてこなければならないんでしょうか？　私はここにいる全ての人の苦しみを集めてもまだ足りないほどの苦しみに打ちのめされております。私は何にも悪いことしておりませんのに、浅ましい畜生道の不幸が私を一度ならず二度までも苛(さいな)みました。わかりません。どうして私はこんな目に遭わねばならないのですか」

お釈迦様は静かに答えられました。

「かわいそうな女よ、お前が苦しんでいることは一目見ただけで私にはわかる。

　人が苦しまなければならないのは心に執着があるから。愛するものに執着する心、愛執、これが人間の一番苦しみの大元なんだよ。女よ、わかりますか。人間の苦しみには、生老病死という避け難い苦しみの他に、愛する者と別れる苦しみ、そして憎らしい者と会う苦しみ、欲しいものが手に入らないという苦しみ、そして生きている我々人間の存在そのものが苦しみだという苦しみがある」

とおっしゃいました。

母と夫の醜い姿、娘と自分の不幸な結婚。

それが今、釈尊の説かれた言葉の中に全て含まれていると思いました。

人間の存在そのものが苦しみ。なんという恐ろしい言葉でしょう。

母も二人の夫も自分も娘も存在していることが呪われている気がする。存在しなかったら、めぐり逢わなかったら、この苦しみはなかったはずです。

そう思ったときにまたお釈迦様の声が聞こえました。

人間の心の苦しみの原因は、煎じ詰めれば肉欲に絞られてしまう。肉欲の愛は喉の渇いたものが水を欲しがるように激しく切なく強い。だからこれを渇愛という。

渇愛は人間の理性も知恵も焼き滅ぼしてしまうときがある。この渇愛を滅ぼさない限り、人間の心の平和は得られないし、本当の幸福は訪れない。

ウッパラヴァンナーはその場にひれ伏して泣き出しました。

彼女はお釈迦様が自分の心を見通して、自分の不幸な経験を見抜いて、自分一人に向かって今日のお説教をしてくださったと思い込んでしまいました。

自分の後ろにたくさんいる人々の輪の中からもすすり泣く声が広がっていました。お釈迦様の教えによって、自分の境遇に耐えかねて、心の修羅に苛まれていた多くの女や男が希望と慰めを得ようとしていることに、ウッパラヴァンナーは気がつきませんでした。

このとき彼女は自分のような不幸な目に遭った者は世界に二人とあるまい

と思っていたからです。

そして、どうか私を尼さんにしてくださいとお願いしました。

お釈迦様は、このウッパラヴァンナーの一生懸命の願いに打たれて、まもなく彼女を尼さんの数に加えました。

そして彼女はお釈迦様のところで、普通の人が味わわないような重なった不幸、母と娘とともに夫を共有したという残酷な運命を忘れ、一生懸命に尼僧としての修行に励みました。

そのうちに彼女は神通力を得て、尼さんの中で神通力第一の尼さんと呼ばれるようになりました、また非常に戒律を守り、実にいい素晴らしい尼さんだというので、男の僧からも尊敬されるようになったのです。

愛について絶望することはない

お釈迦様の弟子の中にウッパラヴァンナーという素晴らしい尼僧がいる、

しかも美しい尼僧であるということが、街の人々の間で評判になりました。
ある晩彼女が町外れの森の中で修行しておりますと、強盗が入ってきて、
彼女を強姦してしまいました。彼女は非常に抵抗したのですが、その力に敵
わなかったのです。
彼女はその足ですぐお釈迦様の元に駆けつけて、
「私はこんな目に遭いました。一体私はどうすればいいんでしょう。戒律を
犯してしまいました。心ならずも戒律を犯してしまいました」
と訴えました。お釈迦様は、その時、ウッパラヴァンナーはどのように感
じたのかという質問をしました。
ウッパラヴァンナーは、
「焼け火箸で全身が焼きただれさせられたような気がしました」
と答えました。そうするとお釈迦様は、
「あなたには罪がない。道を歩いていて怖い狼に襲われたようなもんだ。そ
れは戒律を犯したことにならない」

と彼女の過ちを許し、そのまま修行させることにしました。そして尼さんたちを、郊外の静かな森の中で一人で修行させたり瞑想させたりすることを禁じました。

ところが、ウッパラヴァンナーのその話を聞いて、他の男の僧たちが非常に興味を持ちました。お坊さんになっても、やはり男たちがそんなことに興味を持つのは、煩悩に囚われているからでしょう。

寄ると触ると、ウッパラヴァンナーの強姦された話になりました。いったいあのときウッパラヴァンナーはどの程度抵抗したんだろうとか、本当に何も感じなかったんだろうかとか、そんなくだらないことばかりを話していました。それを聞いたお釈迦様がやってこられて、「お前たちや、本当になんていうくだらないことを噂するのだ。そういうくだらないことを噂するお前たちこそ、恥ずかしいと思いなさい。ウッパラヴァンナーは、道を歩いていて、狼に嚙みつかれたようなもので、彼女には罪がない。仏様は、そういう者は許してくださるんだ」と言って、彼女を救ってくれました。

お釈迦様というのは非常に色欲の掟に厳しい人です。

弟子に向かって女と交わってはいけないということを注意するときに、たとえ蛇の口に男根を入れるようなことがあっても、女の中にそれを入れてはいけないという、そういう叱り方をした人です。

けれども、ウッパラヴァンナーのような立場の人に対する優しさ、哀れみというものは、お釈迦様は十分に持っていられたと思います。

この話は、愛欲というものをどういうふうにとるかという問題を、私たちに考えさせます。

肉欲と心の愛は違います。キリスト教では、心で姦通してもいけないと言います。けれども、私たちは、心で姦通することが実に多いのです。

それを仏教ではどういうふうに解釈するか。もちろん心で姦通することも決していいことではありませんけれども、このお釈迦様のお優しい裁きを思いますと、仏教ではあらゆる人間の罪を許してくださるという、そういう大きな許しが用意されています。

私たちは凡夫で、そして本当に死ぬまで悟れないつまらない人間です。今日決してもう悪いことをしませんと仏様に誓っても、明日また目が覚めるとケロリと忘れて悪いことをしてしまう。今度こそもう決して悪いことをしませんとまた仏様に懺悔(ざんげ)して誓っても、また朝が来たらうっかり同じような過ちを繰り返す。そういうつまらない凡夫です。

けれども、仏は常に我々のそういう弱さ、そして凡夫の迷い、そういうものを大きく許してくださる用意をしていらっしゃいます。

私たちは毎日懺悔し、毎日許され、新しくなって生きる、生き直すことができるのです。

愛という、本当に不可解なとめどもない、捉えようのないもの、そして我々を最も苦しめ、最も悲しませる、煩悩の中の一番厳しい恐ろしいもの。その愛についても、お釈迦様は実に寛大な赦しを用意されていたと思います。

ウッパラヴァンナーは、私たちに何を教えてくれるでしょう。これは、人間の愛というものは、本当に不可抗力に訪れるということをまず教えてくれます。

自分が悪いことをしなくても、例えば愛する者が自分を裏切り、そしてその相手が自分が決して赦せない相手であることがあります。ウッパラヴァンナーの場合は、母親であり娘でした。

よく自分の友達に裏切られたとか、親友に恋人を奪われたとか、あるいは昔の友達に夫を奪われたとか、そういう人たちが世の中に本当に数え切れないほどいます。

私たちは自分がそういう不幸に遭ったとき、そういう不幸な愛の苦しみを受けるのは自分一人だというふうに思い込みがちです。

けれども、そのような似た経験をする人は世の中には本当にごまんといるのです。決して自分だけの苦しみではない、人間として生まれた以上、ほとんどの人がそういう愛の苦しみを通っているわけです。

幸せそうな家の中でもなにかしら重い不幸を抱えていることが多いのです。

けれども私たちは外側からだけしか見ていませんから、不幸は自分だけがあるように思いがちです。

私たちは、一つの愛が滅びたとき、もう永久に人生が終わったように思います。けれども、一つの愛の不幸を味わったために自分が大きく豊かになる場合もあります。一つの愛を失ったために、自分がさらによりよい強い愛に巡り合うこともあります。

私たちは、愛について絶望することはないのです。

死ぬまで愛に巡り合うチャンスはあるし、そして渇愛で苦しんでいる私たちにも、もしかしたらいつか渇愛ではない慈悲の愛に近づくことができるかもしれない、そういう可能性もあるのです。

私たちは、裏切られることを恐れ、そして失うことを恐れて、愛に尻込みする必要はありません。

私たちは愛が非常に儚いものであること、情熱が消えやすいものであることを知っていてなお人を愛する勇気を持ちたいと思います。

人を愛し、愛することに苦しんだものだけが、本当の人間の幸せとは何かということを探り当てるような気がします。

聖書のコリント前書にも、「愛なくば」という言葉があります。

何をしても、そのすることに愛がなければ意味がないということです。

私たちはこの世で、他者を愛する能力を与えられた数少ない動物です。そのことを誇りにして、愛に傷つくことを恐れずに、私たちは愛していきましょう。

あなたも今日の愛の失敗、愛の苦しみに、決して挫けないでください。必ず、さらにまた、もっといいもっと大きな、本当にあなたを理解して大きく包んでくれる愛が待っていると思います。必ずそういう愛に巡り合うと思います。

勇気を出してください。そして、お互いに死ぬまで愛していきましょう。

生きるということ

中国で終戦を迎える

人間が生きるとはどういうことか。

私は長い間、人間が生きるとは、自分の中にある可能性の芽を見いだして、それに栄養を与えて育て大輪の花を咲かせる、そのことが生きることだと思っていました。

言い換えますと、自分の中にある可能性をできるだけ大きく、幅広く引き出すということです。

そしてそれは自分の中の可能性が何であるかということにまず気づくことです。

私は小学校の三年生の時に、担任の先生が将来何になりたいか、名前を書かないでお書きなさいと言われたことがあります。そのときに、みんなお友達はお母さんになりたい、あるいは早くお嫁さんになりたい、そんなことがほとんどでしたが、その中で私は小説家になりたいと書きました。そうするとクラスの女の子たちがみんな私の方を向いてゲラゲラ笑いました。というのは、そんなことを言うのは、おそらく私一人だったからでしょう。

そのとき、私が小説家というものがどういうものか、頭の中ではっきりとわかっていたわけではありませんでした。

ただ自分は本を読むことが好きでした。そして学校の綴方の時間で、自分の書いた文章を先生がとても褒めてくれた。ただそれだけのことで、私も大人になったら、ものを書いて面白いお話を書いて、小説家になりたいということをただ単純に考えていたのだと思います。それから女学校を卒業し、女子大へ行く頃にはもう小説家になるということがどんなに大変なことかだいたいわかっておりましたので、とても自分の才能ではできないと思っていました。

一九二二年、大正十一年の生まれですから、物心がついた四つぐらいの時に昭和に入っていて、そしてその時代はもうほとんどが戦争の時代になっていました。物心ついてから、青春時代、ずっと日本はどこかと戦争をしていたのです。非常時という言葉が、常の私たちの生活だったわけです。

その中で、四国の片田舎の徳島で生まれ育ち、クラスの中から東京の学校へ進学する生徒などというのはほんの二、三人しかいない。そんなときに東京へ出てきました。

東京女子大に入ったのは、ただ、女学校に配られてきたポスターにチャペルの写真がついていて、それがとてもロマンチックで綺麗だなあと思ったからです。

私の育った家は、神仏具商で、神棚や仏壇などを売って商売をしている家ですから、そういうロマンチックな雰囲気がありません。とても綺麗な色ガラスのついたチャペルを見て、こんな学校なら行きたいな、そんな単純なことで、私は生まれて初めて東京へ行って試験を受けて、そして幸いに試験に受かったので、東京女子大に入ることとなりました。

その間にどんどん戦争がひどくなりましたけれども、どういうわけか私は戦争の本当にひどくなるその少し前をずっとかすめて歩くような生涯を送りました。

女学校のときは朝鮮と満州へ修学旅行に行くことができました。私の修学旅行の次の年は、もうそういうことはとてもできません。

女子大のときも国文でしたので、最後には奈良京都へゆっくりと旅をいたしました。またキリスト教の学校でしたので、寮ではクリスマスに七面鳥が出ます。私たちは七面鳥を食べて卒業しました。

次の年の人は旅行もできず七面鳥も食べられなかったというふうで、良き時代の最後をずっとかすめて通ったような、そんな幸運に恵まれました。

戦争がひどくなったので、女子大では繰り上げ卒業になりました。本当はその次の年の三月に卒業するはずが昭和十八年の九月に卒業いたしました。

当時はあらゆる大学がそうでした。私は既に婚約をして結婚していたので、卒業すると同時に、十月には夫について北京(ペキン)に渡ってしまいました。

私が北京へ行ったすぐその後一ヶ月も経たないで、日本の若い学生たちが学徒出陣で戦場に駆り出されました。その学徒出陣をする姿も私は見ないで、北京へ行ってしまいました。

夫は、中国の古代の音楽を研究している人でしたので、私はそういう仕事に大変憧れて、いい学者の奥さんになりたいと思って努力いたしました。

中国では貧しくて本当に慎ましい生活でしたが、赤ん坊にも恵まれ、やれやれと思ったときに、夫が中国で現地召集を受けました。

忘れもしないのは、終戦の日のことです。

昭和二十年八月十五日、私はその時、北京の城壁に近いところにある、ある運送会社の家に座っていました。

夫が出征し、赤ん坊を抱え、収入がなくなったので、私が働かなければなりません。いろいろと仕事を探してようやく見つかったのが運送会社で、その事務の仕事でした。

最初の勤めの日が八月十五日だったのです。

運送会社の席で、まず電話を取ることを命じられました。電話を取ると、おかしなことに入ってくる電話が全部、お宅に頼んだあの荷物はもう送らないでくださいという電話なのです。私はこんなキャンセルばっかりくる運送会社は今に潰れるんじゃないか、せっかく勤められたのにこれは大変心細いと思っておりました。

お昼近くになって、運送屋の主人に言われて、数人のものたちがお部屋に集まりました。大変重大な放送があるから、みな聞くようにということだったのです。初めて終戦の詔勅のラジオを聞きました。けれども、何か雑音がザーザーと入りまして、はっきりと聞き取れません。とにかく、戦争が終わったとか、これから始まるとか、そのことすらはっきりわからないのです。私はてっきりこれはソ連との戦争が始まって、ソ連から北京へ攻めてくるから、みんな気をつけるようにという、そういう放送じゃないかと考えたぐらいです。

けれどもよく聞いていた運送屋の主人が、これで戦争は終わったと言って泣き出しました。私もよく覚えていないんですが、気がついたときはその運送屋を走り出して、人っ子一人通らない北京の街を一生懸命に走っていました。家には、まだ生まれてやっとはいはいを始めた赤ん坊が一人、子守と残っているだけです。

赤ん坊のことだけが頭にあって懸命に走って帰りました。それっきり、運送屋に行くのはやめてしまいました。

私は夫のいない、そして赤ん坊を抱えたこの北京でどうやって暮らしていけばいいのか。昨日までは占領国の人間として威張って暮らしていたのが、今日からは敗戦国となり、今まで日本がずいぶんとひどいことをしてきたその国で、親兄弟もおらず、私はどうすればいいのか一睡もできませんでした。

朝が来て、恐る恐る門を開けます。門の前に小さな路地、胡同（フートン）といって、北京では路地の奥に家があり、私の家もその胡同の奥にあります。

門の前はすぐ胡同の土塀が続いており、その土塀に赤い短冊のようなものがたくさんベタベタと貼ってありました。真っ赤な紙切れに字が黒々と書いてあります。

仇に報いるに恩をもってせよ

漢文で書いてあったその言葉を見て、終戦だと知ってから初めて涙が溢れました。

それまでは怖さと、どうしたらいいのかという不安で泣く涙も出なかったのですが、それを見たときに何という素晴らしい国だろう、戦争の終わったその翌日の朝、こんなふうに町中に赤ビラを貼っていく国というのは、何という大きな国だろうと思って本当に心を打たれました。

それからいろんなことがありました。けれども夫が、せっかく中国の文化に尽くそうと思ってやってきたのだから、戦争が終わっても中国に残って中国に骨をうずめたいと言います。私もそれはそれでいいと思い、赤ん坊と三人で中国に残ることにしました。日本人がみな集結して帰る支度をし、日本に帰る場所で待っているときに、街の中で隠れて私たちは過ごしました。

私たちのような望みを持った人たちが割合いました。

その人たちが集まってきて、小さな胡同の奥で一種の共産主義のような、持っているものをみなで出し合って一緒に食べて一緒に暮らすという生活をしていたわけです。

けれどもそういうことが続くはずはなく、一年弱が経った頃、終戦の翌年の六月に突然車がやってきて、私たちは全員着の身着のままで日本に送り返されることになりました。

しかしもうすっかり日本人はいなくなったと思われていたので船が来ません。塘沽（タンクー）というところで、私たちはずっといつともなくあてもなく待たされたわけです。非常に心細い一カ月を過ごしまして、そこでやっと船が来て日本へ帰りました。

価値観が根底からひっくり返る

私は生まれてから、物心ついたときからずっと戦争の中にいました。私の育ちました家庭は、普通の商家で、父親は職人で、学問も何もありません。

母親もあまり勉強もしていない、ただ真面目な女でした。二人とも戦争はお国のためだ、世界平和のためだ、アジアの幸せのためだというふうに、政府が言う通り信じていまして、私もその通りに教育されていました。学校でもそのように教えられました。ですからこの戦争が侵略戦争で、アジアの人たちを大変苦しめている。そういうことは毛頭考えませんでした。必ず戦争は勝つもので、最後には神風が吹いて日本は大勝利をすると信じ、日本が負けるなどということは疑ってもいませんでした。忠君愛国の少女として育ち、そのまま結婚して子供を産んで母親になったわけです。

それがそうではなかった。この戦争は大変間違った戦争だった。多くの中国人を苦しめ、中国だけではなくアジアの人を苦しめた。そして日本は、その国々を侵略して残虐なことをたくさんした。

そのようなことがだんだんとわかってくると、私はまるで背骨を抜き取られたような、頼りない気持ちになりました。

今まで信じていたもの、今まで価値があると思っていたものが根底からひっくり返ったわけです。

私はどうやって生きていったらいいのか、何を信じて生きていったらいいのか、本当に混乱しました。

そのときに私は、ただ夫の陰になって、夫を助け、内助の妻として、良いお母さんになって生きるという女の一生ということに非常に不安を感じたのです。

夫とて他者です。その他者のために尽くして生きるという、人の陰になって誰かを立てる、そのことで自分の一生涯を終えるのも一つの生き方かもしれないけども、もしも自分が自分の可能性を引き出して、自分が何かしたいことをして、そして思う存分に生きるということがあってはいけないだろうか。

そのようなことを考えたときに、それまで全く思い出しもしなかった、ものを書きたいという欲求が目覚めてきました。

それから、様々なことがありまして、私は非常に幼い愚かな恋をしました。その恋は、今から思うととても信じられないようなことですが、ただプラトニックにその人を好きだと思っただけで、もうこれは夫を裏切ったというふうに思ってしまったのです。

例えば今私が身の上相談を受けたら、そんな馬鹿なことはおよしなさいと言うようなことをしてしまいました。つまり、相手もよくそのことがわかっていないのに、夫に私はある人を好きになってしまったと告白したわけです。

そんな愚かなことがありまして、大変混乱を極め、結局私は夫の家を、子供のいる家を出て行かなければならなくなりました。

周りから出ていかなければならないと仕向けられたのではなく、自らそういうふうに仕向け、自分でその道を選んでしまったのです。

今になって思いますと、「お母さん、行っては嫌」と自分の意思を伝えることもできないまだ幼い子供を残し、世間的には申し分のない夫のところを飛び出す、そんなことは全く考えられないことです。けれども、その考えられないことを私はやってしまいました。

今も私のところへたくさんの人が身の上相談でみえます。そうすると、私はその人の悩み疲れた苦しそうな表情のうちに、自分の若い日の顔を重ねてしまいます。そしてこの人は今病んでいる、病気をしてるんだというふうに思うのです。

恋愛というものは、もちろんカッカと情熱で燃え上がりますが、必ずやがて冷め、燃え上がった炎は冷めてやがて灰になるということを、恋愛に夢中の人たちは思うことができません。私もとてもそういうことは考えられませんでした。

周りを傷つけても自分の思いを貫くということは、私の受けた教育では到底考えられない悪いことだと教えられてきましたが、その頃の私は教えられたことの全てに反抗することで自分は生き直したいという気持ちの方が強かったのです。私は手探りで、自ら手で触って感じたこと、自分の心に描いたことでなければ、人の言うことなんか聞かないと単純に考えてしまいました。私はどうしてもものを書きたい、どうしてもこの恋を貫きたいという気持ちから、小さな子供を残して夫の家を出てしまいました。その時は、子供はやがて引き取れると思っていたのですが、それは大変甘い考えでした。別れた夫の方ではそういう頼りない、浮ついた女に大切な子供は渡せない。子供は自分が育てた方が幸せになると渡してくれませんでした。これは全くその通りで、一言の言い訳もできないことです。

今、私は相談にみえるたくさんの人が子供を置いて出ようかというときには、子供だけは連れてお出なさいと言います。子供だけ連れて出たら子供をかわいそうな目にあわせるかもしれない。けれどもやはり別れるなら親として子供は連れてお出なさい。後で大変な後悔をしますよと人には申しあげます。

なぜなら私はまだ小さな四つの子供を捨ててしまった母親だからです。

このことが私の生涯の悔いとなり、謝っても謝っても許されない一つの罪となって残されました。私の父親は古風な人ですから、そのような悪いことをした人間は、親でもない子でもないといわゆる勘当をされまして、一切金銭的援助がされませんでした。

やりたいことをやり通せばみじめにはならない

私は東京から京都に来て本当に貧しい着の身着のままの生活から始めました。京都で様々なことをしましたが、幸いにして小さな出版社に勤め、そこが潰れますと、今度は京大病院の研究室に勤めが決まりまして、そこでラットの世話をしたり試験管を洗ったりして、お給料をもらっていました。その間に少しずつ小説を書き貯めました。

そしてまた上京しまして、何年か苦労の後にどうにか小説家として成り立つことができるのですが、その間私は自分が今非常に苦労しているとか、貧乏しているとか、惨めだとか思ったことはありませんでした。

人々からよくあなたの苦節の時代はとか、苦労なさったときはとか言われるのですが、全く不思議なことに私は自分の生涯を振り返ってみるといつ苦労したのかよくわかりません。

なぜならば、私はいつもしたいようにして生きてきました。

例えば、物が食べられないとき、お金がないとき、そんなときがあっても、これは自分が選び取った道だから当たり前だと思うので、それが苦労とは思いませんでした。こういうことは永久に続くものではない。いつか私はこのような生活から抜け出して、自分のしたいことのできる日が必ず来るに違いない。それまでの仮の姿だと考えていたので、人様が惨めに思うほど私は自分のことをちっとも惨めに思ったことがありません。

これは私の持って生まれた楽天的でおっちょこちょいな性格のためだと思いますが、おかげで私はずいぶん助かったような気がします。

どんな貧乏をしたかというと、京都にいたときは、私は着の身着のまま真冬に飛び出したので、お友達のところに転がり込み、下着から上着まで全部借り物で暮らしていました。勤めに出始めても、着るものがないので、相変わらず彼女のものを着て、彼女の靴を履いて出かけていました。

ある時、彼女に借りていたセーターを返してまた違うセーターを借り、彼女が私に貸していたセーターを着て、会社に迎えに来てくれたことがあります。すると、私の勤めていた出版社の人たちが「あら、瀬戸内さんのセーターあなたにもよく似合うわね」と言ったので彼女がすっかり怒ってしまいました。

また段々と太ってきたので、私はやはり家を出て自分の好きなことを頑張ってやっていると体がだんだん良くなって太れたんだなあと思って喜んでいました。しかし会社で健康診断を受けたところ、それは栄養失調で腫れていて即刻入院しなければいけないとなって大騒ぎになったことがあります。

そんなことがありましたけれども、それは本当にみじめという気持ちにならなかったわけです。

私は自分がやりたいことをやりたくて生きている。そしてそのために、たくさんの人を傷つけているから、傷つけている分、私はせめて自分のやりたいことをやり通さないと、あの人たちに顔向けができないというふうに考えていました。

流行作家になったものの

私はずっと小説家になりたいと思っていました。

最後にはとにかくなりたいという一応の名目をつけて家を出たわけですが、私の本当に愚かな恋は彼と一日も一緒に暮らさないままに終わってしまいました。

駆け落ちに相手が来なかったという、これも全く喜劇的な結果に終わったわけですが、そのことも、私はさほど応えませんでした。

とにかく小説を書くことだけに一生懸命になって、気がついたら小説家になっていました。あまり好きな言葉ではありませんが、いわゆる流行作家になっていたのです。毎月毎月、総合雑誌、文芸雑誌、婦人雑誌、それから新聞、週刊誌、そういうものに書かせてもらう時代がしばらく続きました。

私は勤勉ですので大変よく働きます。皆さんが遊んでいるときも一生懸命書き、夜も寝ないで本を読み、私には日曜祭日というものは何十年も全くありません。そういう生活をしますから、自然と多作になります。たくさん書くと、お金も入ります。けれどもたくさんお金が入ると、それだけ税金も取られます。ですから私はそんなにお金持ちにはなりませんでしたが、女一人が生きて、好きなものを食べて、好きなものを着て、行きたいところに行けるという、そういう生活ができました。世間からはずいぶんと勝手なことをして、瀬戸内さんはいいわねと言われていたかもしれません。

そして、外に出れば先生と言われ、どこかへ出るときは、自分は車を持っていないけれども車が迎えに来てくれる、そんな生活が何年か続きました。私は出発が遅かったのでそういう生活を十何年すると、気がついたらもう五十近くになっていました。

その頃、私は岡本かの子の生涯を描きまして、かの子が「人間は四十になったら根に帰る」という言葉を言ったことに、とても打たれました。私は四十は過ぎていましたが、五十になった頃に、これは根に帰って一度自分の人生を洗い直さなければならないという思いに駆られたのです。

長い間生きてきたら、やはり心にはたくさんの垢が溜まります。それからまた、長い間書いていますと気がつかなくても、ペンにもたくさんの錆がついています。

そういうものをもう一度、すっかり綺麗に洗い流したい。心の垢を洗い落とし、ペンの錆をこそげ落としたい。そのような欲求に駆られたのです。

その頃の私は、このままの勢いの波に乗って暮らしていたら、私は、作家瀬戸内晴美というものは、当分やっていけるのではないか。再来年までの連載の小説の予約が決まっているし、毎月雑誌には書かせてもらえる。書くコツは覚えた。このままでいけば、私は何不自由なく、まだ十年くらいはやっていける、そんな気がしていました。

けれども、一向に心が弾んではきませんでした。

自分の稼いだお金で、好きな着物を買います。たまには宝石も買います、欲しい簪(かんざし)も買います。そういうもので身を飾っても、心は引き立ちません。行きたいところへどこでも外国までも旅行ができます。それはその時で楽しいのですが、やはり心の底からの喜びが湧かなくなりました。

これはどういうことなのか。

私は疲れたんでしょうか?

私はそういう生活に慣れたのです。そして人様が書いたものを褒めてくださっても、あるいは悪口を言われても、初めの頃のような感激がなくなっていました。

なんとなく空しい。そんな気がしました。

何が空しいかを口では言えないのですが、なんとなく空しい、そういう自分が空しいということ、つまり生きる喜びがふつふつと湧いてこない。そういう状態でものを書いて、そして見知らぬ人たちがそれを買ってくれて読んでくださっても、もうそれは詐欺になるんじゃないかという気がしました。

やはり作家というものは、自分が本当に生きる喜びを感じ、生きる喜びの中からものを書いて、その書いたものが、読んでくださる人の何かに、心に訴えるものがあった場合に作家として本当に喜びがあるのであって、自分が生きる喜びを感じず、なんとなく空しい気持ちで書いていても、もうそれはしょうがないんじゃないか。

私は、もう一度自分の根に帰り、ルーツに戻って、そして生き生きとした喜びを持って暮らし直したいと思いました。

私は芸術家が自殺をするということに理解があります。

芸術家は書けなくなったら、あるいは作れなくなったら、生きていてもしようがないと思ってしまう気持ちがわかります。日本でもたくさんの芸術家が自殺し、外国にもたくさんの芸術家が自殺しています。けれども、そういう人たちが残したものは、命がなくなっても永遠に残っています。

そういう姿を見ていると、私も、自分が生きる喜びを感じないならば、そして自分の限界がこれまでならば、私はもう死んでもいいんじゃないか、私が死んだら、おそらく書いたものなどは一年ももたないだろう。人は振り返ってくれないだろう。けれどもそれが自分の限界ならば仕方がない。そんな気持ちにもなりました。

けれどもそのとき、死ぬ決心をするならば、もしかしたらもう一度生き直すことができるんじゃないかという気がしたのです。

もし私がここで死ぬ思いで生き直すならば、どういう方法があるのかと考え込みました。

ずいぶんとあれこれと考えた末に、ふっと私の目の前に出家するということが浮かび上がりました。

出家したい

出家する。それまで、思ってもいなかったことです。

それでも後になって振り返ってみると、私は自分の書いたものの中に自分が出家したいということが既に何度も書いてありました。けれども、自分では気がつかなかったわけです。

私は出家する方法があったと思いました。出家してどうするか。日本の文学を振り返りました。出家してなおかつものを書いた人たちがたくさんいます。あるいはその人たちによって、日本の文学は守られてきたようなところさえあります。

清少納言も出家しています。紫式部も出家しています。それから西行も吉田兼好も出家しています。出家してものを書き続けるということが日本の文学の伝統にはあるのです。

今、小説家である私がここで出家して、もし書かせてくれるならば、書き続けてもいいんじゃないか、それは不自然ではないんじゃないか。

そう考えました。それで私は誰にも相談せず密かにその準備にかかりました。

職業柄、いろんな宗派の偉いお坊さまを存じ上げていたので、片っ端から訪ねました。

私は出家したいのですが、出家させていただけないでしょうかと言うと、どの方もそれはいいことだとおっしゃいます。

「瀬戸内さんが年をとって出家して尼さんになって生きるということは結構ですね。それではあと二十年も経ったらいらっしゃい」「七十になったらいらっしゃい」

つまり、その時五十の私が出家を考えているとは誰も思ってくれないわけです。結局わかってもらえずにすごすごと帰ります。あらゆる宗派を訪ねましたがどこでもそういうお答えをされました。

やはり出家というものはそんなに簡単にできないんだということを思い知らされたわけです。最後にふっと思いついたのが、今東光先生のことでした。

今東光先生は、その頃、『お吟さま』で直木賞を取られて大変な流行作家でいらっしゃいました。若いときに出家され、天台宗の大僧正でいらっしゃいました。しかも、東北の中尊寺の貫主、一番偉いお坊さまでもありました。またその頃は自民党の参議院議員にもなられていました。

大変お忙しい方でしたが、私は今先生とは文藝春秋の講演会でご一緒に地方回りをしたご縁で、少しばかり存じ上げていました。ただそれだけの関係です。けれども、その講演旅行の行き帰りに、先生からいろんなお話を伺い、お人柄に接することができました。

今先生は非常に偽悪家でいらっしゃいますので、自分のことを非常に悪そうにあくたれをついていらっしゃいましたから、とても口の悪い、あるいはお行儀の悪い方のように世間では思いましたけれども、決してそうではなくて非常に生真面目な文学青年がそのまま大きくなったような方でした。仏教に対しては本当に真摯な一生懸命な信仰を持っておられ、いつも理想を追い求めている永遠の青年だと私は感じ取っておりました。それで、思い切って今先生を訪ねたわけです。

今東光先生にお目にかかる

昭和四十八年八月二十二日のことでした。

そのとき今先生は東京の仕事場のマンションにいらっしゃいまして、そこへ私は訪ねてまいりました。今先生は、真っ赤なトレーニングウェアを着て、頭がツルツルしていてまるでタコのように見えましたけれども、「今日はどうしたんだ」と私を優しく迎えてくれました。私は通されたところで「今日は大切な一身上のお願いがあって伺いました」とご挨拶しました。そうすると今先生はそれ以上お聞きにならないで、奥様に「今日は、瀬戸内さんが何か知らないけれども大切なことで見えたようだから、今家にある一番良いお香を焚いてあげなさい」とおっしゃいました。

奥様はやがてお線香に火をつけて持ってみえられ、私と今先生の間に香炉を置き立ててくださいました。

「仕事場だから良いお香がないんだけれど、ここにある一番上等のお線香だよ。これは伽羅だよ。お香を焚くということは、この部屋を清めたということになるんだ。だからここは仕事場だけれども、お香を焚いて綺麗に清めてあげたからさ、あなたの言いたいことを言いなさい」

そのとき私は、先生は私の来た目的をもう既にわかっていらっしゃるという安心感を得ました。それで「出家させていただきたくてまいりました」とご挨拶しました。

そうすると先生は黙ってしまい、しばらくして「急ぐんだね」とおっしゃいました。それで私はオウム返しに「はい。急ぎます」と答えました。

先生は奥様にもってこさせた予定表をご覧になって、「それでは九月の十日にしよう」とおっしゃったんです。九月の十日というと、もうほんのわずかしかありません。私は慌てて「急ぐとは申しましたけれども、もう少しご猶予を」と言いました。そうすると、先生はもう一度予定表をご覧になって「それでは十二月の十四日しか空いてない。それでいいか」とおっしゃいました。私はそれを逃すと、もう永久に出家できないという気持ちになり「ありがとうございます。それで結構でございます」と言って手をつきました。

それで私の得度の日が決まったわけです。

私は実は急ぐとは申しましたが、来年の冬ぐらいと思っていたわけです。でもそんなことを言ってはもう間に合いません。今先生は大変お忙しい方でやっとその日を見つけていただいたので、そこでお受けしました。

それからは瞬く間に日が過ぎました。

出家がどういうことか、そのまま仏に自分を委ねることだ、ということぐらいしかわかっていません。

出家したら、もしかしたら小説を書かせてもらえないかもしれないけれど、それはそのときのことだと思いました。

出離者（しゅつりしゃ）は寂（じゃく）なるか梵音（ぼんのん）を聴く

今先生は、なぜ出家するのか、小説をやめるのか、あるいはお前さんは何で食べるのか、どうして暮らすのかなどを一切聞きませんでした。だから私も申し上げませんでした。ただ、

「法名というのをつけなければいけない。法名は師匠の法名の中から一字をもらってつけるのが天台宗の決まりで、今東光という名前は自分の戸籍名でペンネームのようにも使っているが、自分が出家したときの法名は春を聴く春聴だ。お前さんには女だから、春をあげよう、春何とかっていうのにしよう」

とおっしゃいます。私が、

「恐れ入りますが、私はもう春には飽きて出家するんですからできるならば、

聴をください」

と言いました。それではまた考えておいてあげるということになりました。

しばらくして、今先生から京都の私に電話がかかってきました。

「法名をいろいろ考えたけれども、聴につくのはなかなかなくて大変なんだよ。それで今朝は思い切って、朝からずっと座禅をしていた。三時間座禅をしたら、そこに寂という字が浮かんできたから、寂聴というのはどうだろう」

私は「寂聴」と聞いたときに本当に素晴らしい法名で、もったいないとも思いました。けれどもすかさず「いただきます」と言いました。

それで、寂聴という名前が決まったわけです。

「寂聴という意味は、どういう意味でしょうか」と伺うと「出離者は寂なるか梵音を聴く」とおっしゃいました。

出離者というのは「出る離れる者」と書き、出家したもののことを出離者と言います。出離者は寂なるかの「寂」というのはよく寂しいと読まれますが、そうではなくて「じゃく」と読みます。心が静かだということです。そして梵音を聴く。梵に音と書いて「ぼんのん」となまりますが、梵音とは何か。これは、お寺の鐘の音や木魚の音、お経の声などお寺で聴こえてくる音そのもの全部を梵音と言って良いと思います。けれども私はそのときに、もっと広い意味に感じました。

例えば梵音という言葉を思い浮かべると、松の梢に吹く松風の音や、春の小川のサラサラと流れる音、あるいは波の打ち寄せる音、そういうものが浮かんできます。

それから、赤ん坊が生まれてオギャーとあげる産声や、青春の最中の若く愛し合っている男女が、君を愛してるよとか私も愛しているわなどとささやく愛の言葉とか、そういうもの全てが私は梵音ではないかと思いました。

つまり、この社会の森羅万象のあらゆるものが奏でる、耳に心に快い言葉、それが梵音ではないかと感じたわけです。

今先生に伺うと先生はその通りだとおっしゃいます。ますます私はありがたくなりました。出離者、出家した者は心が静かで、煩悩がおさまり、そしてその耳に心に森羅万象の奏でるあらゆる快い音を聞き取ることができる。それが寂聴だと受け取ったわけです。こんな素晴らしい法名をいただくことができ、私は出家しないうちからとてもありがたいと思いました。

十一月十四日までの間にいろいろしなければならないことが、仕事がまだたくさんありました。再来年の長編まで決まっており、雑誌に約束した当面の仕事があります。それを片付けていかなければなりません。

夜を日に継いで書きに書きました。出家後いつまで書けないのかが見当もつかないのですが、少なくとも来年の一月や二月ぐらいまでの仕事はしておかなければなりません。もうひたすら書きました。

私は出家するということは、生きながら死ぬと解釈していました。これは今先生にも伺ったわけではありませんが、自分ではそれくらいの気持ちで出家に臨みました。ですから、つまらないものを全部焼いてしまうとか、自分の身辺を整理したいと思ったわけです。

それから私は出家したら、尼さんの姿になって暮らすつもりでした。これは今先生のところから私が帰る間際に、「それで頭はどうする」と聞かれました。私は「もちろん剃ります」と言いました。そうすると「いや、別に剃らなくてもいいんだよ」とおっしゃるのです。

私は自分が非常に頼りない人間ですからやはり形からきちんと入らないと出家を全うできないと思ったので、「いえきちんと剃ります」と言いました。

そうすると、それまで折に触れ買い溜めております着物や簪や櫛などが一切要らなくなります。生き形見として、お友達や親しい人、似合う人にそれぞれ形見分けの用意をしました。それぞれに名前を書いたりしていると案外と時間がかかるものです。たちまち十一月に入ってしまいました。

ところが困ったことに、肝心の今先生ががんを患われ、がん研に入院してしまいました。手術をなさって、とても私の得度式に先生が中尊寺まではいらっしゃれなくなったのです。

中尊寺での得度式

私は今先生の弟子として出家をしますので、今先生が貫主をしていらっしゃる中尊寺で得度式を行うことに決まったわけです。先生が、

「心配することはない。あなたの得度式の戒師は、本当は私が務めるのだけれどもこういう状態で駄目になったから、自分の代わりに、出家者としては自分よりももっともっと素晴らしい、友達の杉谷義周大僧正という方によくお願いしておいたから、この方におすがりして、何の不安も抱かず、安心して出家に臨みなさい」

とおっしゃってくださいました。

杉谷義周大僧正とおっしゃいますのは、その当時は上野の寛永寺の貫主で大変ご立派な方でしたが、私は一度もお目にかかったことはありません。

明日がいよいよ得度の日というその前日に、私はそれを先生から申し渡さ

れたのでもう大変心細かったのですが、先生がそうおっしゃるのでそれに従うしかありません。

それからもう一つ先生は、

「あなたは小説家だから、得度式のリハーサルをするな。得度式というものは、非常に荘厳な生涯の記念すべき式だから、それを練習などしないで、いきなりその場に臨みなさい。そして、その臨んだ感動を全部小説家として心に留めておきなさい」

そんなふうにおっしゃいました。

私は、今先生にお別れを申し上げたその夜、一人で中尊寺へ立ちました。中尊寺に行くのはその時が初めてで、道もよくわからなかったのです。すっかり日が暮れ、列車の窓から外を見ますと、右の方に関東平野が広がり野火が赤々と燃えていました。それが非常に印象に残っています。私が得度をしにゆくなどとは、同じ列車に乗り合わせたどなたも気がつきません。赤い野火が燃えているのを見ながら、これが私を見送ってくれる火なのだと感じて眺めていました。

　夜遅く中尊寺に着き、先に着いていたごく少数の親しい人たちと、いわゆるこの世での最後の晩餐会をしました。そのときにどこで聞きつけたのか、ジャーナリズムの人たちがドヤドヤと入ってきて、まるで家宅捜索のようなことをされかけましたが、無事に終えることができました。

　その夜は心静かに眠り、翌日の朝いよいよ得度式に臨みました。

　今先生の教えに従い、杉谷大僧正にご挨拶もせず、いきなり本堂で大僧正にお会いしました。非常に厳かな得度式をしていただき、私はそこで法名を授かりました。瀬戸内晴美から瀬戸内寂聴になったわけです。

　頭を剃るときは別室へ連れて行かれます。よくテレビなどで見るように、日本剃刀（かみそり）でしずしずと剃ってくれると思っていました。

　けれどその別室には、かわいらしい若いお嬢さんが一人ちょこんと座っていて、金屏風の前に白い布をかぶせた机が一つ置いてあるだけです。

　その女の子が私の顔を見上げ「あら、今日得度なさるのはあなたですか」

と言うので「はい私です」と答えると、彼女は「どうしよう」と言って真っ赤になってしまいます。

「あなたはどなた」と訊くと「私はこの中尊寺のすぐ近くの散髪屋の娘だけど、おとうさんが朝起きて、今日は中尊寺でどっかのばあさんが尼さんになるから、女だからお前、行っといでっていうので私が来ました」と言うのです。

「もしかしたら瀬戸内さんじゃありませんか。いや私、瀬戸内さんの頭なんか剃れないわ」と言って、その人がまごまごします。

そんなことを言ってもその女の子一人しかいないので「もうそんなこと言わないで剃ってちょうだい」と言うと、電気バリカンでバリバリバリッと剃られてしまいました。

私はまさか電気バリカンで剃られるとは思わなかったので、内心可笑しかったのですが、バリカンに長い髪が引っかかり痛いのなんのったらないのです。

私は痛さに涙を浮かべましたが、のちの週刊誌の報道では「瀬戸内晴美は中尊寺で剃髪するときにはよよと泣き崩れた」とか「ホロリと涙を一つこぼした」などというのがありました。それは真っ赤な嘘です。私は痛さに涙をにじました程度で、そんなロマンチックでセンチメンタルな気持ちなどになっている暇がありませんでした。

そのときに壁越しに男の唄うような声が聞こえてきました。そのときは意味がわからなかったのですが、後でわかったのは、それは声明らかと書く「声明（しょうみょう）」というものでした。

声明というのは節のついたお経です。インドに起こりそれが中国に伝わり、中国から日本に伝わったもので、いわば仏教音楽。キリスト教で言えばグレゴリオ聖歌みたいなものです。得度式に上げる声明を比叡山からわざわざいらしてくださった本田大僧正がソロであげてくれていたのです。声明にはソロもコーラスもあります。

その声明の名前を後で聞いてびっくりいたしました。得度のときにあげる声明の名前は、毀形唄（きぎょうばい）と申します。毀形の毀は打ち毀（こわ）すという字で、形はかたちです。つまり、形を打ち毀す唄ということなんですね。形を打ち毀すとはどういうことでしょうか？　これは女である形を打ち毀す、人間である形を打ち毀すという、なんだか恐ろしい字です。私は得度とか落飾とか、非常に美しい言葉でしか考えていなかったので、得度をする、剃髪するということは形を打ち毀すということだ、と知らされました。

毀形唄が波のうねりのように聞こえてくる中で、私の長い髪はバッサバッサと落ちていきました。後で女の子が見せてくれた鏡の中には、ツルツルになった私の、アニメの一休さんのような顔が映っていました。私の生き返った姿だと感じました。

これが私の得度式でした。

今先生が得度の時間、ベッドの上で私のために祈ってくださるとおっしゃっていただいたお言葉が心にありましたので、何の不安もなく、私は初めてお目にかかった戒師によって得度をさせていただきました。

それから私は比叡山の行院（ぎょういん）というところに入り修行をするわけですが、この昭和四十八年の十一月十四日に一度、瀬戸内晴美という人間は死んで寂聴として生まれ変わりました。私の生涯の中ではまずここで一巻の終わりということになります。私の五十一歳の秋のことでした。

老いて華やぐ

「年寄りらしく」なんていらない

一九八九年の二月、岡本かの子の生誕百年祭の展覧会がありました。かの子が亡くなったのは昭和十四年の二月十八日で彼女は四十九歳でした。数えだと五十一歳ですね。けれどもかの子が死にましてもまだその百年のお祝いなどということがあると、人間の寿命というものは生きていた年齢だけでは数えられないということを思います。

私たちは、生まれてくるともうその日から老いに向かって、死に向かって生きていることになります。お釈迦様は、この世は生老病死の四苦があるとおっしゃいました。人間は誰でも老いなければならない。そして死ななければならない。その途中で病気もしなければなりません。そういう苦の世の中ですが、私たちはどういうわけかこの世に送り出された以上、できるだけ楽しく明るく生きていくしかないんじゃないかと思います。毎日メソメソしていても一緒です。毎日明るく勇気を持って生きていくのも一緒です。それならば、どうせ同じ一生なのであれば、私たちは楽しく生きようじゃありませんか。

かの子は、五十一歳、あるいは四十九歳で死にましたけれども、残した仕事が立派なために百年のお誕生日のお祝いをしてもらえるわけです。私たちは生きているとき、何も名を残したりお金を残したりする必要はありませんが、せめて自分の子孫たちに、ああうちの何代か前にこんな楽しいおばあちゃんがいたんだよ、こんな愉快なおじいちゃんがいたんだよと語り継がれるような、そういう生涯を送りたいなと思います。

かの子の有名な歌に、

年々にわが悲しみは深くして　いよよ華やぐいのちなりけり

という歌があります。

これは『老妓抄』というかの子の晩年の傑作の中で書かれた歌ですが、このお歌の通りに解釈していいかと思います。

年々、私たちは生きていくにつれて、悲しみは深くなっていく。この悲しみは、ただご飯がたくさん食べられないとか病気をして悲しいなどの意味ではなく、人間として成長すれば成長するほど、人間の生き方やあるいは人類の行方、などを考えると、悲しみが深く大きくなる、ということです。

けれどもかの子の実感ですが、私たちが与えられた命というのは、「年とともにいよいよ華やぐ命である」ということも、非常に深い意味があると思います。

私たちは老いたら、歳をとったら派手な着物を着てはいけないとか、あるいは歳をとって恋愛なんてするな、みっともないとかそういうことを言われます。そのような考え方が長い間日本には伝わってきています。

けれども、今のお年寄りはそんなふうには収まりきれません。定年が五十代とか六十代ですけれども、定年退職をした人たちのその何と元気なこと。自分の力を持て余して次の仕事を必ず始めます。定年したあとじっと家に引きこもっているお年寄りなんていうのは本当に少なく、第一、定年を迎えた人でお年寄りという印象を受けるような人はいません。昔のその年代の方に比べて、みなさん体も姿もお顔も非常に若々しいわけです。なので歳をとったらお年寄りらしくしなければならないという、そのような慣習はもうこの辺りで捨ててしまっていいんじゃないでしょうか。

西洋のお年寄りは歳をとるにつれてより派手な物を着たり華やかな化粧をしたりしています。それがちっともおかしくありません。おじいさんやおばあさんが派手にして、どうして悪いんでしょう。年をとると、自然に皮膚は黄ばみ皺もシミもできます。それをカバーするお化粧をして、白髪も染め、華やかな衣服をつける。見る人に対して明るい気持ちを与える。それはかえってお年寄りの身だしなみですし、周りの人もそれを祝福してあげていいんじゃないでしょうか。

また、年寄りが恋をしてはいけないなどという決まりも掟も、そのようなものがあるとすればそれは人間が作ったものなので排除していいのではないかと思います。

私の嵯峨野の庵にたくさんの方がいらっしゃいますが、近頃非常に増えてきた相談事の中で、いわゆるお年寄りと言われている六十代、七十代、あるいは八十代までのご婦人が、恋の悩みを訴えてこられます。ひと昔前ならば汚らわしいと言って、一笑に付されたかもしれません。けれどもその人たちの真剣な悩みぶりを見ていると、私はどの人に対してもそれが見苦しいと感じたことは一度もありません。

年をとり、ご主人が亡くなって寂しいときに、ふと優しい男性に巡り合い、その人と時々お茶を飲み、昔話をすると聞いてくれる。相手もまたそういう話をすると自分が理解したり共感することができる。

そういう関係で付き合っていても、息子や娘たちはみっともない、いい加減にしなさいと言うそうです。あるいは少しでも財産を持っていれば、「おばあちゃんをどうして好きになるのよ。あの人はおばあちゃんの財産を狙ってるのよ」と忠告するそうです。

けれども年をとっても死ぬまで人間は恋をする気持ちはあるのではないでしょうか。これは煩悩の一つで、そういう煩悩をなくすことをお釈迦様はすすめていらっしゃいますが、また、その煩悩を上手にコントロールして生かすことによって、私たちは生きる喜びや生きる張り合いを感じるものです。もうお前は六十になったから、お前は七十になったから恋をしてはいけない、そんなことを言われる謂れはないのです。ただ、どの辺でその自分の気持ちをコントロールするか、世間に対してみっともなくないようにするか、あるいは周囲に迷惑をかけないようにするか、そういう知恵は働かしていかなければなりません。

ともすればお年寄りたちが新しい恋に夢中になって羽目を外してしまうことがありますが、それは結局、普段から周囲の年をとっていない人たちがそのお年寄りに優しくしていないからだと思います。

年をとり孤独で、人に飢えて寂しさに心が渇いているときに、ふと優しい言葉をかけられたり、優しい人情で接しられるとコロコロとそちらに傾いていく。これは当たり前です。もしもお年寄りの恋愛をみっともないと思う家族がいるならば、それは家族みんなでお年寄りを大切にして、自分たちの団欒の中に引き入れて、若い孫と同じように話の輪の中に入ってもらい、寂しがらせないことではないかと思います。寂しい老人が恋に陥るのです。

しかし、私はお年寄りが恋をしても少しも構わないと思います。

あるとき自治体が運営している老人ホームへ見学に行ったことがあります。その中で多くのおじいさんやおばあさんが暮らしていましたが、中で何組かのカップルが出来上がるそうです。そのときに私は「その方たちはどうするんですか、ご一緒の部屋に住むことはできないんですか」と訊きました。すると所長さんが「正式に結婚をしてくれたら二人を個室から夫婦部屋に移してあげることができる」とおっしゃいました。けれども、そのご老人たちの結婚が、えてして家族に認められないというんですね。

家族が猛烈に反対する。そうすると正式な結婚ができないから、せっかく老齢になって愛する人に巡り合えた二人の男女が、老人ホームにおいても、別々の部屋で愛人関係でしかいられないと聞いて私は本当に驚きました。「たまたま結婚もでき夫婦部屋に移るカップルには、そのホームのみなさんで祝福のお祝いをしてあげるんですか」と訊きましたら、所長さんが苦笑いをして「そこまではいきません」と言うのです。みなさんの中には嫉妬があり、羨ましくて悔しいと思ってお祝いをするまでの気持ちにならないそうです。

私は、やがて日本の老人ホームでも結婚するような人たちができれば、みんながこぞってお祝いをし、その結婚を祝福する、そういう時代が来るといいな、必ず来るんじゃないかなと期待しています。

自分の老いを感じないことが老いない方法

かの子の先ほどのお歌には元歌があります。

年たけてまた越ゆべしと思ひきや命なりけり佐夜の中山

という西行法師の歌です。私はこの歌が大好きですが、西行の歌の中でも絶唱だと思います。

西行がこの歌を詠んだのは、およそ七十歳のときでした。東大寺の砂金勧請という大変な重い役目を持って、奥州遥かな旅に出たその途上で詠んだものです。七十歳というと、今でも私たちはやはりお年寄りのうちに数えます。昔の、西行の生きた時代の七十歳といえば大変なお年寄りです。その七十の老年の旅路、昔の旅は旅に行けば生きて帰れないと、水盃をして出かけたようなそういう大変な旅です。その旅路を西行は「いづくにかねぶりねぶりて倒れふさん」というぐらいの覚悟で行っています。つまり旅の途上で、どこで自分は死んでもいいという決死の覚悟で歩いていったわけです。

その西行もまた沙門、出家者の身でありながら、最後まで歌を作る煩悩を断ち切れないまま、諦めを知らない情熱の持ち主でした。

七十三歳のときに花の下に望み通りの大往生を遂げました。これは、岡本かの子が夫とそのかの子の愛人のお二人にみとられて、四十九歳で死にましたけれども、そのかの子の生涯と軽重を問わないと思います。

この二つの絶唱の中から響き渡ってくるものは、楽しくても、美しいかけがえのない人間の命の尊さであり、また命の賛歌のように感じます。

私たちは、どうしても年をとるということに自分から目をふさぎたい気持ちになります。私自身がもう既にこの五月で六十七歳です。六十七歳ですよと言われても自分でも信じられません。自分の顔は毎日見ているものですから老いが刻まれているはずなのに、そのことを感じません。よく眠っていない日の朝などの顔を見るとみっともないと嫌な気がしますが、たまたまよく眠った朝などはまだまだ大丈夫と自惚れるものです。そして幸いなことに、私は五十一歳から坊主になっていますので、白髪が増えたかどうかわかりませんし、髪の毛が減ったかもわかりません。おかげさまで素顔でツルツルしていますと、年よりは若いと皆さんが言ってくれます。それからまた次から次に仕事を引き受けて、手に余るほどの仕事を追いかけるような忙しい生活をしているので、ゆっくりと自分の老いをかみしめる暇もありません。

これは私が老いが怖くて逃げるためにそうしているのではありません。ある時、出家をするということは、自分の平安を求めるだけではなく、人様のために自分の身を投げ出してご奉仕しなければいけないんだということに気がついてから、努めて自分の時間あるいは自分の体力、自分の能力を世の中のために何か尽くすことができたらという思いでやってきました。

そのために、次から次に新しい難しい仕事が持ち込まれますが、できるならばそれをこなしたい、本当に一日が今の四倍ぐらいあってほしい、体が一つではなく三つも四つも欲しいという、そんな気持ちになります。

千手観音様という観音様はお手が一つの体からたくさん出ています。あの千手観音様を拝みました私もせめてこの三分の一でもいいから腕が欲しいという思いに駆られることもあります。

このように仕事に追われ、時間に追われていると、自分の老いを感じる暇がありません。これは私は非常に恵まれていて、もしかしたら仏様が私にご褒美にくださってるんじゃないかと思います。

自分の老いを感じないということ、これが老いない一つの方法ではないかと思います。

よく、もう六十を過ぎたんですよとか、もう七十いくつですよとか、すぐに自分の年を言う人がいますが、その方々は自分の年に左右されすぎているのです。戸籍に書かれた年齢などは忘れた方がいいんじゃないかと思います。私は実際自分の年を忘れることがあります。人から聞かれて、六十六というところをつい五十六などと言ってしまって恥をかくことがありますが、自分の年を本当によく覚えていないわけです。

あんまり年齢にこだわっておりませんので、例えば私がよく飛行機で旅行をする時に、空港で年齢を書いてないと「お歳はおいくつですか」と若い女の人に聞かれます。そのときに私は、とてもいいお天気で今日のように晴れていますと、「五十三」などと言います。相手はびっくりした顔しますけれども、私が言うので「五十三」と書きます。ちょっと曇っている日には「六十二」ぐらいに言います。雨が降っていますと本当の年を言ってみたりします。それで別に不都合はありません。飛行機が落ちて私の歳が間違っていても、誰もそれに文句を言う人はいないと思います。搭乗口で罰金を取られたこともありません。自分の年を、自分の戸籍の年齢から十ぐらい引いて考えておくと、お気持ちが生き生きするんじゃないか、うちの寂庵では皆さんにそういうふうにおすすめしています。そうすると皆さんがゲラゲラ笑うんですが、お帰りの時には明るい顔になっていかれます。

私は、おかげさまで非常に丈夫で、あまり大きな病気をしないので老いを感じる暇もないのですが、それでも昨年は思いもかけず血圧が突然に上がり二百を超えて目が回って吐き気がしてびっくりしたことがございました。そのときにお医者さんから「いくら元気でも、もう自分の年を考えなさい。あなた、もう自分が老人だということを忘れすぎている」と言って注意をされたことがあります。

私はお医者さんに「自分の年を忘れているから私はこうして元気でいられるので、もしこのまま血圧が上がりに上がって今死んでもちっとも後悔しないんですよ」と言って困らせたことがありました。

死ぬことは未知の旅に出ること

一生懸命に生きていれば本当に今夜死んでも悔い無いという気持ちになるものです。私は毎日、今日死ぬお召しがあっても、慌てる気持ちはないと思います。死ぬことが怖いとよく人から訴えられますが、誰だってあの世は行ったことがないのです。

あの世には極楽があるとか地獄があるとか教えられても、実際にあの世へ行って、極楽に行ってあるいは地獄に行って、この世に帰ってきたという人は一人もいません。帰ってきたというのは、それは仮死状態から息を吹き返したことです。本当に死ぬということは、帰ってこない、行きて帰らぬということなのです。ですから、仮死状態の人が見た夢でもってあの世はこうだとか、死ぬ過程はこうだとかなどと信じることはできません。

森田たまさんという、随筆家がいました。この方は無宗教の方でしたが、森田さんが亡くなったときに遺言状があって、それが亡骸の前に飾られていました。

これから私は未知の旅に出発いたします。未知の旅なので、そこから皆様にその楽しい良い旅のお話をお伝えできないのがとても残念です。いろいろお世話になってありがとうございました。

このような遺言状でした。

それを見たときに、非常に美しいものを感じました。死ぬということ、あの世に行くということは、地図を与えられない未知の旅に私たちが出ることなのです。老いもまた当然人間が受けねばならない宿命ならばそれにくよくよしないで、できるだけ楽しく心明るく持って美しく老いたい。華やかに老いたい。楽しく老いたい。そのように私は思います。そしてまた訪れるときは、地図のない未知の旅に行くんだから、どんなにそこは美しいだろう、楽しいだろうと期待に満ちて出発したいと思います。

もしかしたら、こんなに科学が発達しているのですから、あと百年、二百年もしたらあの世からこの世に通信ができる時代が来るかもしれません。そのときは早く逝った私どもが向こうの状態を細かく調べ、生きている皆さんに通信したい、そんなことまで考えます。

生きていることも楽しいけれど、老いることも楽しい。死もまた楽しみがあるのではないかと考えて、私は生きていきたいと思っています。

祇王寺の智照尼さん

私の住んでいる嵯峨野の寂庵のすぐそばに、祇王寺があります。祇王寺には、昔から智照尼さんという立派な尼さんがいらっしゃいます。この人は昔、照葉さんという名前の芸妓さんで、恋のために小指を切ったという大変なロマンスの持ち主です。私はこの方をモデルにして、『女徳』という小説を書いたのですが、小説の取材のときには、私はまさか自分もまた尼さんになるなどとは夢にも思っておりませんでした。

読者の中には、私が智照尼さんの生涯を書いたために、それに憧れて尼さんになったんじゃないかと言う方もいますが、そうではありません。全く別の運命や考え方から結果的にこうなったのですが、その智照尼さんは、尼さんになっても大変なおしゃれさんで人と会うときは下着から足袋からすっかり新しく替えないとお会いにならない、という身だしなみのいい方でした。ところがもう九十を超えてからは、さすがにそんなおしゃれはなさらず、訪ねていくとそのまま出てこられます。昔のように取り澄ましておられずとも、やはり美しい方はいくつになっても美しく、本当に気持ちのいい清々しい尼さんでおられます。あんなにおしゃれだった庵主さんが全く気取られない姿で人前に出てこられたことに私が驚いていると、

「もうこの年になると、人様にどう思われようがいいって気分なんです。おしゃれも全くしなくなって」

と艶やかにお笑いになりました。

私は尼さんになってもやはりおしゃれ気が抜けず、衣のお色を変えてみたいとか、あるいはせめて袈裟（けさ）を新しいのにしたいとかまだ時々思います。それから、つい頭を剃るのを怠って、二日も剃らないでいると黒くなってたいへん見苦しいものになります。私の、尼さんのおしゃれというものは頭を綺麗に剃っておくことですから、それを怠ると顔を洗わなかったような何だか汚い気がいたします。

ですから祇王寺のおしゃれな庵主さんの今のご心境に本当に驚きました。

「もう生きるのはたくさんと思っているのについ先日お医者さんに見ていただいたら、まだまだあと十年は生きるっていうんですよ。困りますね」

と呑気そうにお笑いになりました。そして、昨日夢を見たというお話をされます。庵主さんは昔からよく夢をご覧になってそのお話がいつも面白いのです。夕べの夢というのは、憎みあったり傷つけあった男たちが集まってきて、みんなとても優しい顔をしていて、会って楽しく話し合ったというんですね。

「みんな考えてみれば、いい人ばっかりでしたよ。憎みあった人ほど、懐かしく夢に出てくるんですから不思議ですね」

と話されました。こういうふうな年寄りになるなら長生きも悪くないなと私は羨ましく思ったことです。

この祇王寺には平家物語に登場する有名な祇王祇女、それから仏のお墓があります。ここの庵主さんの墓はどれ、などと観光客の女の子がお墓参りをする声が庵主さんの部屋にいると聞こえるのです。

庵主さんはニヤニヤして、

「私のお墓を探してますよ。私はもう何年も前から世の中の人に死んだと思われてるからなかなか死なないんですよ」

なんて言って首をすくめていらっしゃいます。死んだと思われると、長生きをすると世間ではよく言いますが、九十をいくつか過ぎてもなお元気で俳句を作ったり盆栽を見たり、静かな暮らしをしていらっしゃる、このような美しい、いい晩年の過ごし方が私の身近にあるということも、私に生きる喜びと、自分の生涯の老いの姿についてある希望を与えてくれます。

年をとったらスキンシップ

この頃の世の中は老人の痴呆の問題をよく扱います。これも長生きをすれば記憶が低下していくのは自然の現象です。

私は自分がぼけたらぼけたと教えてくれるように仲のいい編集者たちによく頼みます。そうすると編集者たちが顔を見合わせて、

「そんなこと言ったって瀬戸内さんはぼけたら、あなた今ぼけてますから気をつけてくださいって言ったら『そんなこと頼んでないわよ』って怒るに決まってる」

と笑われます。

本当にそうかもしれません。けれども、自分が記憶を完全に失くしてしまったらもうそれは天下泰平幸せなもので、本人は痴呆に気付かないのですか

らその人は楽でしょう。けれども痴呆の老人を抱えた家族は非常に苦しみます。

有吉佐和子さんの『恍惚の人』という小説がベストセラーになったのも、そういう社会的な問題を描いたからだと思います。

私たちは、自分がいつ痴呆になるかわからないのですから、そのような老人にはこれはやがての自分の姿だと思って優しく対応するべきだと思います。いくら記憶を失っていても、自分に親切にしてくれる人、優しい心を持って接してくれる人はわかるものです。年をとるにつれて人間は赤ん坊に返っていくもので、赤ん坊がお母さんのスキンシップを欲しがるように、お年寄りも人と触れ合いたいのです。手で触ってもらいたい、握手をしてもらいたい、背中を撫でてもらいたい、あるいは冷えた手足をさすってもらいたい、そういう欲求を持っていると思います。

「おじいちゃんお元気？」と声をかけるときに肩に手をかけてあげる、あるいは何気なく手を握ってあげる、そういうことがお年寄りにはとても嬉しいのではないでしょうか。あるいはまた、若い人たちの若さを、感触から毛穴から吸収して若返るんじゃないか、そういうふうに思います。

そのことで思い出すのは、里見弴先生です。里見弴先生は、明治大正昭和を生きた日本の大変な文豪でいらっしゃいました。

先生は九十四歳でお亡くなりになりましたけれども、亡くなるまで非常にお元気で大変おしゃれな方でした。私は先生の晩年もご縁があって、かわいがっていただいたのでよくお会いしましたが、いつお会いしても先生を老人のように思ったことはありません。一度脳溢血のご病気をされて足が少しご不自由でしたが、そのような足に合う中国靴のような布製の靴を履き、そして木綿ではなく、しゃれた結城などで作った粋なモンペをお召しになって、いつも非常に清潔で本当に美しい、いいお姿でした。

里見先生は、お話をするときに、相手が若い女だろうがおばあさんであろうが、さりげなく手をお取りになってお話をされます。道を歩いていると、本当にさりげなく手を繋がれます。そういうことがちっともいやらしくなく、本当に先生がされるとしゃれた感じなんですね。

私が先生に手を握られて、「先生は若い女の人のときには手を握ると思ったけれども、私のような年寄りでもいいんですか」って笑いますと、「そんなことはないよ。スキンシップがあるということが我々のような年齢になると、それだけで健康になるんだよ」と言って、カラカラとお笑いになりました。

白い棺と真っ赤な布で覆われた棺

この里見先生は、晩年まで本当に美味しいものを食べることや、美しいところへいらっしゃるのがお好きで、よく旅行をなさいました。それからまたマメに人にお会いになっていて非常に楽しいお話をしてくださいました。

里見先生の晩年に三時間ほどある雑誌でインタビューをさせていただいたことがあります。

そのときにいろんなお話が出た中の一つに、

「先生は無宗教のようでいらっしゃいますが、あの世はあるとお思いですか」

と聞きました。先生は「ないよ」とおっしゃいます。それで私は、

「それでは人間が死ぬということはどういうことなんでしょうか」

って言いますと、

「無になることだ。何もない無だ」

とおっしゃるんですね。先生には、大変愛し合ったお良さんという恋人がいらっしゃいまして、この方と四十になる頃から別宅でお暮らしになってたんですが、残念なことに、先生より早くに亡くなられました。

そのお良さんとの思い出を書かれたり、あるいはお良さんの昔書いた手紙を本になさったり、大変熱い想いの方だったんですが、

「それじゃ先生は亡くなったらお良さんが先に行ってらっしゃるけれども、お良さんにも会わないおつもりですか」

と私が聞くと、

「あの世にそんなものはないよ、無だ」

ともう一度おっしゃいました。私はもう既にその時出家しておりましたが何かショックを受けたんです。

ところが先生は私が尼さんになったことをなぜか非常に喜んでくだり、前よりももっと心を開いてお付き合いくださった気がします。

そして、何かの拍子にふと、

「瀬戸内さんや、私が死んだらお前さんのお経だけでいいよ」

とおっしゃいました。私は先生が無宗教で、死んだら無だとおっしゃってたのに、お経をあげていいのかなとちょっと驚きました。

「坊主のお経なんていらないんだ。でも、お前さんのお経ならいいよ」

それで私は先生が亡くなりましたときに、その棺の前で枕経を上げさせていただきました。

私は、未熟な僧侶なので、先生の棺の前でお経を上げながら涙が出て涙が出て、お経が途切れ途切れになって、本当に恥ずかしい思いをしました。けれども、先生が私のお経だけはいいよと言ってくださった、聞いていてくださる、と思ってお経を最後まで上げることができました。

そのときの先生の棺は、いつも先生がお住まいでいたお宅の居間に置かれており、真っ白な布がかけられていただけです。いわゆる仏式の祭壇とか神道の祭壇とか、そういうものは一切ありませんでした。座敷の真ん中にポツンと真っ白の棺があり、その上に先生が普段愛用されていらした古九谷のお酒の徳利とお猪口が載っていました。私は何もない棺の上のお酒を先生のお猪口に注いで、手を合わせて退きました。

そのような里見先生の白い棺でお経を上げたこととは全く対照的に、私は真っ赤な布で覆われた棺、その上に一輪のバラが載っている棺の前で、やはり枕経を上げたことがございます。

これは、ちょうど里見先生と同じ年代を生きて、里見先生よりも少し早く亡くなられた九十三歳の荒畑寒村(あらはたかんそん)先生のお葬式のときでした。

荒畑寒村先生は社会主義の思想に傾倒して、若いときから非常に革命運動に身を投じられた方でした。晩年は悠々自適の生活の中で、昔の平民社時代の思い出を口述に残して、亡くなられた方です。寒村先生の最初の奥さんである管野須賀子、つまり、日本の女の革命家としてただ一人、断頭台に消えた女性ですが、その人の伝記を私が書いた関係から寒村先生とお近づきになって、やはり亡くなるまで、大変親しくさせていただきました。

里見先生と同じ時代を生き切ったと言っても、里見先生の方は規則的な生活をなさって、寒村先生はそれと全く普通の生活とは遠い、何度も牢獄に入ったような暮らし方です。そういう極端と極端の暮らしのお二人から私はかわいがっていただきましたが、また寒村先生も本当に素晴らしいご老人でした。

私がお目にかかったときは既にもう七十の終わりでしたが、お亡くなりになるまで大変な情熱家で、九十歳の時に熱烈な恋愛をなさって、そのときに私におっしゃったことがあります。

「これは瀬戸内さんがそういう姿になったから、私はあなたにちょうど神父様にキリスト教徒が告解をするような気持ちで、あなたに話がしたい」

とおっしゃって、その恋についての苦しみをお話しになりました。そしてそのときに、

「この恋には、セックスが、性欲が伴わないから自分は非常に救われる、けれども性欲が伴わないから嫉妬は五倍だ」

とおっしゃいました。

私はそのときに本当に雷に打たれたような気持ちになりました。

先生はそういう煩悩がこの歳になって断ち切れない自分を本当に恥ずかしいと思うとおっしゃいましたが、私は九十歳になって、そんな瑞々しい恋ができる、セックスの伴わない、清らかなプラトニックラブで身を焦がしていらっしゃる先生が本当に若々しくって素晴らしいと思いました。

また先生は九十歳で憧れのアルプスへ登られました。こういうことも普通の人では考えられないことです。私や先生のそばにいた者たちは、ご老体の

先生がアルプスに登るなどそれは暴挙だと思い、非常に心配して止めにかかると大変に怒って、自分の金で自分が行くのになぜ止めるか！　とすごい剣幕で叱られたのです。そしてついにその若いときからの望みでアルプスに登るということを実行されました。お元気で帰ってこられたのには、本当に私たちは安心するよりも驚きました。

けれども先生にもついに寿命が参りまして亡くなられるのですが、お亡くなりになるその瞬間まで絶対に生きようとしていらっしゃいました。

私は様々な医学的な試みが施される今の延命法にある疑問を持つものですが、先生の病院での姿を見ているともうあんまりいたわしくて、お気の毒でもうこんなに長く立派に生きられたので、苦しまずに逝かれる方法がないのかお医者様に伺ったところ、

「瀬戸内さん、先生が生きたがっていらっしゃるんですよ」

とおっしゃるんですね。先生はお医者さんに、自分はまだ書きかけているあの原稿を仕上げなければならないから、もう一度元気になって仕事をした

いと、ご気分のいいときははっきりとおっしゃるそうです。

そうお医者さんから聞きまして私は自分の考え方の安易さを非常に恥ずかしく思いました。そして、先生は本当に見事に病と闘って、力尽きて亡くなられましたが、その棺は先生のご希望通り赤旗で覆われ、真っ赤な花々で囲まれていました。次の時代を、先生の思想を受け継いで生きていく若い人たちに見守られ、なんとも厳かなお葬式が行われました。

死なばわがむくろを包め戦いの塵に染みたる赤旗をもて
という先生のお歌があります。

ご自分のお考え通りの赤い棺として送られたわけです。

私はこの白い棺と赤い棺で逝かれた二人の素晴らしい大先輩、素晴らしい老いのとり方を身近に見せていただいたことを本当に幸せに思います。

宇野千代さんの生き方

同性の先輩で、宇野千代さんがいらっしゃいますが、宇野千代さんの生き方も本当に素晴らしいと思います。

宇野千代さんは、確か九十二歳になられると思いますが、八十六歳のときに、

「瀬戸内さん。私はずっと小さいときからお誕生日のお祝いってものをしてもらったことがないのよ。八十八歳のときは盛大なお誕生日の会をするから必ず来てちょうだいね」

というようなお話がありました。私はそのときについ調子に乗って、

「いいですね、先生はそのときのパーティーにお振袖をお召しになるといいですね」

と答えました。それは私は八十八歳の宇野千代先生がまさかお振袖をお召しになるとは思わなかったけれど、先生ならばお振袖をお召しになってもおかしくないんじゃないかとけしかけるように、あるいはからかうような気持ちで冗談で申し上げたのです。ところが宇野先生はその時すぐ、

「そうよ、その時はお振袖を着るつもりで、もう今注文してあるのよ」

とおっしゃったので私は驚いてしまって二の句が継げませんでした。さらに、

「そのときは私、お色直しをするつもりなの。だから三つ注文してあるんですよ。瀬戸内さんだって、その日は私と一緒にお色直しをしましょう。衣にはいろいろ色があるんでしょ。だから三つ着替えてちょうだい」

とおっしゃったので、ますます驚いてしまいました。

そしてやがて八十八歳のお誕生日のお祝いの日になりますと、宇野先生は、花嫁さんのように髪を結い上げて美しく化粧をなさって目も覚めるようなお振袖を三度お色直しをしてお召しになって演壇に立たれました。こんな素晴らしい方はいらっしゃらないと思います。

しかも、お仕事はいくつになっても怠りなくなさって、

「瀬戸内さん、私たちは本当にいい仕事を選んだわね。小説を書くということは死ぬまで書けますからね。八十になっても九十になっても、今よりもっ

といい小説が書けるような気がする。もっといい小説を書きましょう、お互いに頑張りましょう」

と会うたびに、本当に大真面目でおっしゃるのです。

こういう大先輩を身近に見ていると、私は自分が六十代で、もう自分の才能は、これでおしまいかなと時々思うことが恥ずかしくなります。

それからまた、好奇心ということを全く衰えさせていません。八十六歳の秋に寂庵にいらっしゃったときに、家のすぐ近くのお寺の有名な水子地蔵について、

「あそこの水子地蔵は素晴らしいんですよ、あなた拝んだことがありますか」

とおっしゃいます。私はもちろん拝んでいましたが、先生が言うほど飛びぬけて素晴らしいとも思わなかったので黙っていました。

「あの水子地蔵を初めて京都で拝んで、あまりに素晴らしいのですぐそのお寺の住職に伺って、その水子地蔵を彫った石屋さんへ行き、同じ水子地蔵を

彫ってもらった。そして那須の自分の別荘に運んでもらった。石屋さんは一生懸命彫ってくれて、遠路を京都から那須まで水子地蔵を運んできてくれた。ところがそれをトラックから降ろしたのを見たときに、なんだ、こんな顔だったのか、これだったら向こうのお寺の方がずっといいと思って非常にがっかりした。けれども、はるばる運んできてくれた石屋さんに悪いのでお礼を言って、もちろんそのお地蔵さんを自分の庭に置いた。けれども、それからもずっと一番最初に自分が見た水子地蔵はもっと素晴らしかったもっと素晴らしかったという思いが消えないので、今日は何十年ぶりかで京都に来て思い出したから、あれをもう一度拝みに行きましょう」

とおっしゃるんです。すぐ近くですから、私と宇野先生は、そのお寺に水子地蔵さんを拝みに行きました。そうすると、先生は私のように手を合わせたりなさいません。先生も無宗教なんですね。じっとお地蔵さんに目をくっつけて見ていたと思ったら、さっと身を翻して、

「瀬戸内さん帰りますよ。私、間違ってた。あのときは初めてこういうお地

蔵様を見たから、素晴らしく見えたんで、私の目が実物じゃないものを描いたに違いない。これはつまらないお地蔵様です。私は長い間、間違ってた」

とおっしゃるんですね。それで私は寂庵までの帰り道、

「先生は長い間夢に見てたものが現実にもう一度見直して、その夢が壊れたとき、やはりがっかりなさいますか、寂しいと思われますか」

と伺いました。そうすると、

「とんでもない、いくつになっても、真実を真実と見極めることが大切なので、これが作家にとって一番大事なことですから、私は長い間錯覚してたということが今日はっきりとわかったことで、とてもすっきりしました」

というふうにおっしゃるんです。私はそのときについ調子に乗って、

「先生、男の人もそうですか。最初は、とても素晴らしいと思って恋をして、結局その人がつまらなかったことがわかったときもそうですか」

と訊きますと、

「そりゃそうですよ。自分が夢中になって恋をしていた人間が、本当に大し

たことがないとわかっても、その現実をしっかりと見届けたことの方が大切なことなのであって、それは悲観することでも、落胆することでもなんでもない」

とおっしゃいます。このような前向きの姿勢は本当に素晴らしいと思います。

そして九十を過ぎると、周りがみんなどうしても労ります。そうすると先生は、

「私は九十という年はわかっている。わかっているけれども、自分が自分の体を一番よく知っているから、決して無理なことはしていない。私が行きたいというときは行けるところへ行きたいのであって、したいというときはしたいことを、できることをするんだから心配しないでいい」

と、周りの人におっしゃっているようです。

こういうことも、やはり先生がいつまでたってもお美しく、いつまでたっても若々しく瑞々しく、そしてまたお仕事までが華やいでいらっしゃる、そ

の原因だと思います。

つい最近、今度はもう八十八歳のお祝いが終わったので次は白寿のお祝いだとおっしゃいました。そして、白寿のときは前とは違って、今度はもっと素晴らしいことがしてみたいとおっしゃるんですね。その素晴らしいことは何かというと、結婚式やパーティーなどでスモークを焚いて、上からゴンドラに乗って主人公が降りてくる、そういう演出があります。花嫁さんや花婿さんが上から、ゴンドラに乗って降りてきて、下にスモークが雲のように漂っているあのような演出を先生はしてみたいとおっしゃるんですね。それで一人で降りてくるのはつまらないから私に一緒にゴンドラで降りようと言うのです。

八十八歳のお祝いのときは、先生に言われたので、三つも衣はありませんが黒い衣、黄色い衣、また青い衣、と私もお色直しをして先生にお付き合いしましたが、先生の白寿のお祝いのときに、ゴンドラに乗って上から煙の下に降りてくるというのは想像してもこそばゆい気がします。けれども、もしそれが本当に二人が元気でできたら楽しいなと思います。

そういう夢を先に見ることとそのことが、生きていく上での張りであり、年をとらない秘訣のように思われます。

空飛ぶお座主

もう一人、素晴らしいお年寄りに天台宗の座主で大僧正の山田恵諦（やまだえたい）猊下がいらっしゃいます。山田恵諦猊下は九十四歳になられても大変お元気で、およそ老いるとか、あるいは痴呆などの考えられないお方です。

前に前に予定がないと楽しくないという方で、予定表を作るときに、やはり猊下がお年ですから遠慮して、あまりなことをお願いできないと思って所々空白にしておくと大変ご機嫌が悪いのだそうです。今週はここへ行った来週はどこへ行くのか、再来週はどこへ行くのかとお聞きになるそうです。一カ月の予定の時は来月はどこに行くのか、一年の計画のときは来年はどこへ行くのか、そのどこへ行くが国内のどこかへ巡錫していただく分にはいいのですが、猊下がお考えになっているのは、外国が多いんですね。ですからハワイなどはしょっちゅういらっしゃいますし、今年ももう年が明けるとすぐ、世界平和が維持できない限り宗教はないと、メルボルンの世界宗教者平和会議に飛んでいらっしゃいました。

そのように世界中のどこへでも飛んでいらっしゃって億劫がらないのです。そんな猊下の素晴らしい生き方について横から拝見していると、猊下の若さの秘訣というのは、とにかく将来に、割合と近い将来に必ず楽しい計画を立てておくことのように思われます。

そして、ご自分のお年を考えず、命のある限り、生き生きと生きていく。しかも猊下の場合はなさることが全て天台宗のためであり、日本仏教のためであり、あるいは世界平和のためで、ご自身の幸せとか、ご自身の利益とかは全くお考えにならない。社会のために身を挺して、己を忘れ他のために利する忘己利他の精神でもって動いていらっしゃるので、一層その行動が美しく輝かしく、そして力強く我々を打つのだと思われます。

今回は我々人間が避けることのできない老いについて考えてみました。老いは私たち一人として逃れることはできません。けれども、私たちは老いを恐れず老いを楽しく演出して、楽しく飼いならして力強く生きていきたいと思います。皆さんもどうかお元気で、いいお年をとってくださいますようにお願いいたします。

九十二歳の死生観

二〇一四年はこれまでの長い人生で最悪といってよいくらい、病気に悩まされ、精神的な苦しみがつづいた年でした。五月に九十二歳の誕生日を迎えたあと、腰椎を圧迫骨折して療養生活に入り、秋には胆のう癌が見つかって手術を受けました。

現在はおかげさまでリハビリも進み、体力はかなり回復してきました。ただ、この間に小説やエッセイの執筆、法話や講演などの活動は一切できませんでしたから、多くの方にご心配をおかけしました。私がどのような闘病生活を送ってきたか、そして現在はどのような心持ちで暮らしているかを詳しくお伝えしたいと思います。

腰椎の圧迫骨折は今回で二度目になります。

一度目は二〇一〇年の秋、八十八歳のときでした。旅先のホテルで、荷作りをしていた時、ギクッと音がして突然腰が痛くなりました。ぎっくり腰だろうと掛りつけのマッサージにかかりました。このあとで関西の名医を紹介され、先生は診察室で私の顔を見るなり、「圧迫骨折ですね」と診断されました。その先生は自然療法を重視する方で、安静にしているだけで必ず治ると言われました。通常は三カ月前後だそうですが、私の場合は半年はかかるという見立てでした。

「なにぶんにもお年ですから」

と言われてびっくりしました。八十八歳でも、自分は六十五歳ぐらいのつもりでしたから。それまでは誰からも「どうしてそんなに元気なんですか?」と尋ねられて、「元気という病気です」と笑って答えていたくらいです。

私は素直に先生の言うことを聞いて、「ちゃんと六カ月は寝ていよう」と仕事は一切お断りして自宅療養に入りました。ベッドの上で食事をとり、ベッドの横にはポータブルトイレを置いてある生活。実際、腰に痛みがあって、ほとんど立ち上がれない状況でした。

その話が伝わると、全国から名医を紹介するという連絡があったり、頼みもしない整体師の先生が訪ねてきたりと大騒ぎでした。うちはお寺なのに拝み屋さんまで来て。いくつか試しても効き目はないので、「本当に自然治癒しかない」と覚悟して、ベッドでじっと寝ていました。

自宅療養に入って五カ月が過ぎ、「あと一カ月で立てる」と楽しみにしていたときです。東日本大震災が起こり、テレビで被災地のすさまじい映像が流れました。ハッと気づいたら、私はベッドから降りて突っ立っていました。まだ立てないと思い込んでいたので嘘のようでした。「ああ、やっぱり肉体の回復には気持ちの問題もあるんだ」と改めて感じました。

「これだけの大惨事が起きているのに寝てなんかいられない」

そういう思いから元気を出して、自分の足で立って歩くように努力しました。六月初めには、名誉住職となっている岩手県二戸(にのへ)市の天台寺で法話会を開き、東北の被災地を慰問してまわりました。被災者たちの顔を見て「これはもっと行かなきゃ」と、夢中になって東北を訪れ、仕事にも励むうちに、腰のほうはすっかり回復し、以前よりも元気になっていました。そうやって無我夢中で四年間を過ごして、自分ではもう病気の心配はないと思っていたら、昨年五月にまた腰椎圧迫骨折で倒れてしまったのです。

耐えがたい激痛に襲われる

昨年五月十五日に満九十二歳の誕生日を迎え、二週間ほど経った頃、また腰に突然痛みを覚えて動けなくなりました。

実はその直前に、妙な予感がありました。一年前から小説『死に支度』を文芸誌「群像」に連載していましたが、九十一歳で書きはじめた小説ですから、当初は死ぬまで書きつづけるつもりでした。それが、何とも言えない霊感が働いて、第十二回の原稿を書くときに、不意に「これで連載は終わろう」と決めました。その原稿を渡してすぐに腰に痛みを感じて、四年前と同じ先生に診てもらいました。このときも診断は圧迫骨折で、また半年ほど安静にして自然に治るのを待つように言われました。

実は一度目の圧迫骨折が治ったあとに聖路加国際病院の日野原重明先生と京都の武田病院の武田隆男会長と鼎談して、「五カ月間じっと寝ていた」と話したら、「いまどき寝て治す人はいない」とお二人に笑われました。骨折した部分に医療用セメントを注入する治療法ですぐ歩けるようになる。お二人ともその方法で治したといわれたので、私は「こんど圧迫骨折になったらそうします」と話していたのです。

だから、二度目のときは「セメント療法にしてください」と言いましたが、先生はやはり安静にして治すことを勧められたのです。私も前の経験からやはり自宅のベッドで安静にしていました。

ところが、自宅で寝ていたら、お尻に近いところがどんどん痛くなってきます。その激痛といったら大変なもので、「もう、こんなに痛いなら死んだほうがマシ」と何度もつぶやきました。

私はそれまで「死んだら、天国は退屈そうだから、地獄へ行きたい」と話していたのですが、地獄の責め苦がこれほど痛いなら、やっぱり天国がいいと考えを改めたくらいです。

たまたま武田会長からお電話をいただいたときに腰痛を訴えると、「病人が痛みを我慢することはない。すぐにいらっしゃい」と言われ、救急車で武田総合病院に運んでもらいました。

そのまますぐに骨セメント注入療法の手術を受けました。腰に局部麻酔を打ち、痛くも痒くもないまま、半時間ほどであっという間に手術は終わりました。実に簡単なもので、それでもう圧迫骨折はほぼ完治です。

本来なら数時間もすれば歩いて帰れるはずですが、どういうわけか、腰の激痛は収まりません。それは圧迫骨折が原因ではなく、皮膚の神経痛だとわかりました。麻酔を用いた神経ブロック療法を受け、通常の二倍くらい痛み止めの注射を打ってもらっても効かないのです。そこはやはり老化現象ということでした。

とにかく痛みで動けないから入院していたのですが、治療の効果も見られないから「そろそろ退院しますか」と言われた頃、検査で胆のうに癌が見つかりました。

癌と分かって大騒ぎ

自分が癌だと言われても、私は少しも動揺しませんでした。私の周囲には癌になった人が多く、肉親も恋人たちもみんな癌で死んでいったせいか、怖くなかったのです。しかもそのときに「この癌は消える、もう自分は癌で死ぬことはない」という確信がありました。

あとになって、私が癌だという話が広まると大騒ぎになりました。エッセイに自分が癌だと書いたら、秘書は削ろうとしましたが、私は平気でそのまま掲載したのです。すると世間の反応は大変なもので、圧迫骨折がどうでもよくなってしまったほどです。

「ああ、みんなは本当に癌に弱いんだな」と改めて感じました。むしろ世間の敏感さに、こっちがびっくりしました。

私の病室に癌の先生がこられて、「手術でとりますか？　このままにしますか？」と尋ねられました。九十二歳という年齢を考えてのことでしょうが、私は「癌があるなら、ついでだから取ってください」と言いました。そうしたら先生はニコッとして「わかりました」と言って、九月十七日の手術が決まりました。

このときの手術は、開腹するのでなく、お腹に三カ所の穴を開けるだけの腹腔鏡下手術という方法です。お臍から腹腔鏡という小さなカメラを入れ、テレビモニターで内部を観ながら、細長い鉗子で胆のうを引っ張り出します。

手術そのものに不安はなかったものの、全身麻酔は初めてだったのでちょっと怖いと思いました。それに、全身麻酔から醒めるときにおかしな夢をみるとか、言っちゃいけないことを口走るとか聞いていたので、心配なこともありました。

ところが、いざ手術を受けてみると、その全身麻酔が何とも言えず気持ちがよかったのです。麻酔が効きはじめると、だんだん全身が甘い感覚に包まれてきて、フーッと意識が薄れていく。本当に気持ちがいい。「死ぬ瞬間もこうなら、死とは素晴らしいことだ」と思えたほどの気持ちよさでした。意識が薄れるなかで、ふっと思い出したことがありました。里見弴先生の言葉です。

里見先生は満九十四歳で亡くなりましたが、晩年にとても親しくしていただきました。亡くなる前年、私は先生と長い対談をして、そのとき「先生、死ぬってどういうことですか?」と尋ねました。すると里見先生は「死とは無だ。自分は死ぬことが怖くない」とおっしゃいました。無というのは、何もないということですから、「それじゃ、先生があんなに好きだったお良さんにあの世で会えると思わないんですか?」と重ねて尋ねました。お良さんは里見先生の愛人だった方で先に亡くなっています。すると先生は、「お良だってもう死んでいるから無だ。だから会えないよ」と言われました。

里見先生が何度も言われた「無」という言葉がずっと頭に引っかかっていたので、全身麻酔で意識が遠のきながら「ああ、これが無か」と思ったのです。

「これが無なら、死とはなんて甘美なものだろう」

このまま意識が戻らなくてもいいという気持ちのまま、スーッと意識がなくなりました。

麻酔から醒めるときも、また何とも言えない甘い感じがして、カーテンが音もなく開かれるように意識が戻りました。小説になるような夢をみないかと期待していたのに、何もありません。そうやって意識を失って「無」になったのは一瞬のようでしたが、その間にお腹の穴から胆のうが摘出されていたわけです。

あとで取り出した胆のうを見せてもらいましたが、「焼いて食べたら美味しそう」と思わず言ったぐらい、きれいな色をしていました。

今年一月、手術から四カ月後に癌の検査を受けました。胆のうの周辺に癌細胞が残っている恐れもありましたが、いまのところそれはないようです。もし他の臓器で癌細胞が見つかったら、こんどはあまり積極的には治療しないで、自然に任せて死んでいこうと思います。私も数えでいえば九十四歳ですから、もう十分に生きました。いま死んでも思い残すことは何もない。だから、癌の再発もちっとも怖くありません。あの甘美な無の世界に入るのだと思えば、なおさらです。

手術から一週間後には退院して嵯峨野の寂庵に戻りました。自宅療養から数えて四カ月間ほど寝たきりでしたから、自分ひとりではまともに歩くこともできません。

ショックだったのは、自宅のお風呂場で鏡の前に立ったときです。八キロやせていて全身の肉が落ちてしまって、本当におばあちゃんの身体になっているのが情けなくて情けなくて。圧迫骨折になる少し前、写真家の荒木経惟（あらきのぶよし）さんに会っていたので、「ああ、あのときアラーキーにヌードを撮ってもらえばよかった」と悔やみました。二十代の秘書にそのことを話すと、彼女は「九十二歳のヌードなんて誰に見せるんですか?」と呆れているので、「誰にも見せない。九十二歳でも、こんなにふくよかで素敵な肉体だったと自分の慰めにするのよ」と言い返しました。あれは本当に残念なことをしたといまも悔やまれます。

退院直後は、ベッドで一分間も座っていられないほど弱りきっていました。ご飯をいただくのも横になったまま。それが嫌でなんとか座ろうとしても無理なのです。

リハビリは裏切らない

すぐにリハビリを開始し、初めは四人の理学療法士さんが交代で毎日一時間ずつ来てくれました。足の指を動かすなど簡単な訓練からはじめて、風船を脚に挟むなど少しずつ筋力をつけていきます。

リハビリを嫌がる人もいますが、私は学生時代に陸上競技の選手でしたから、身体を動かすことが好きで楽しみながらできました。療法士さんの一人にとても熱心な方がいて、私の回復に合わせて難度をだんだん上げていくなど、いろいろ工夫してくれたのも助かりました。私は指導されたことはすべて実行したので、みるみる効果が表れました。

退院して最初の検査はストレッチャーに寝たまま専用の車で病院へ運んでもらいましたが、四カ月後の検査はタクシーに乗って行けるほど回復していました。私が自分の足で立って歩くのを見て、先生や看護師さんもびっくりしていました。

「リハビリは決して裏切らない」

これは今回の発見です。現在も週二回のペースでリハビリは続けています。それほどリハビリを頑張ったのは、「このまま寝たきりになるのか」という恐怖心があったせいかもしれません。

退院後にみなさんから「今回はさすがの寂聴さんも危ないだろうと心配していました」と言われましたが、私自身は死ぬとは思っていませんし、死を恐れてもいませんでした。「出家とは生きながら死ぬこと」という思いが常にあったからです。むしろ、そのまま寝たきりになってしまうほうが、よほど恐ろしかったのです。

私は三十代半ばで小説家になってから、一日として文章を書かない日はなかったと思えるほど仕事に励んできました。講演にしても法話にしても、世の中の役に立つことをずっと続けてきたつもりです。

ところが、病気になってからは、ただベッドに寝ているだけで文字も書けない。いつ完治して社会復帰できるかもわからない不安な状況がつづきます。それが本当に嫌でした。

何も生産しないでただ生きているという状態が自分に許せません。

「もうこのまま生きていたってしょうがない」

一日中横になっていると、よくない考えが浮かんできました。自分が死ぬとは思わない一方で、生きつづけることが苦しく感じられてきました。ふと気づくと、私は鬱状態になりかけていたのです。

「いけない、鬱になってはダメ！」

そう胸のうちで言って、どんどん落ち込んでいく気持ちを必死に奮い立たせてました。あの頃に私が本当に悪戦苦闘していた相手は、腰の痛みよりも、鬱になりかけている自分でした。世の中には寝たきりで鬱になる人が多くいますが、長く寝ていたら鬱になるのは当たり前なのです。

「神も仏もあるもんか」

そう思ったこともありました。私は若い頃に相当悪いこともしたけれど、出家したあとは優等生のつもりでした。真面目に生きて、人様のためにできることは精一杯してきた。仏教の布教にも力及ばずながら努力してきたつもりである。それなのに、どうしていまさら、こんなひどい目に遭わされるのか。もしまた法話ができるようになったら、「みなさん、神も仏もありませんよ！」と言ってやろうと考えていたくらいです。

私はそれまで、小説を書きながらぽっくり死ねたらどんなに幸せだろうと考えていました。ある朝、うちのスタッフが書斎の襖を開けたら、私がペンを握ったまま机の原稿用紙の上にうつぶせになっている。声をかけても返事はない。それが自分で思い描いていた憧れの死に方です。

ところが、九十二歳になって激痛に苦しみ、癌の手術を受け、寝たきりになる。仏様がそんな目に遭わせるのか、と思ったのです。

しかし冷静に考えれば、腰の痛みで長く入院したからこそ、癌は発見されました。自宅に戻っていたら手遅れになっていたかもしれません。そう考えると、腰の痛みが手術の二日前にピタッとやんだのも不思議で、やはり観音様はついていてくれていたのかなと有難く思います。

私が退院してから、自宅に三人のスタッフが交代で泊まりにきてくれるようになりました。『死に支度』に登場する二十代の女性二人と、寂庵のお堂係の女性です。

お給料を払って雇っているスタッフですが、私が「血のつながらない家族」と呼ぶようにとてもよくしてくれています。私がそう言うと、彼女たちは「何を言ってるんだか」という顔をしていますが。

私は二十五歳のときに四歳の娘を捨てて家を出ました。その娘とは縁あっていまは普通に付き合っていますが、彼女には彼女の生活があって、私が病気になったからといってすぐ飛んでくるわけにはいきません。申し訳ないとは言ってくれますが、私だって育てていない立場ですから、娘の世話になろうとは夢にも思っていません。故郷の徳島には甥や姪もいますが、みんな高齢ですし、血のつながりだけで頼るのはおかしな話です。

いまは介護つきの老人施設に入るなど、血がつながらない人たちのお世話になるのが当たり前の時代です。むしろ血がつながっているために、面倒が多い場合もたくさんあります。人間と人間のつながりは不思議なもので、たとえ他人であってもご縁があれば、本当に気の合う人に巡りあうことができます。血のつながりはあまり考えなくていいのではないでしょうか。

三年前に寂庵に若いスタッフが来てから、私は笑うことが増えました。六十五以上も年の離れた彼女たちの発想は、思いもかけないことばかり。ボーイフレンドとの付き合い方を聞いても、あまりにあっけらかんとして、恋愛の自由もここまできたかと私が驚くほどです。彼女たちのフェロモンのおかげか、自分がどんどん若返っている気さえするのです。病気で弱った肉体がこれだけ早く回復してきたのも孫より若い彼女たちが身近にいてくれるからでしょう。

もっと小説を書きたい

昨年の夏にあれだけ痛かった神経痛も、いまはお薬などでずいぶん治まってきました。ただ雨の日や疲れが出た日には痛みますが、それも我慢できる範囲です。

足腰のほうは自分で立って歩けるほど回復したので、今年の六月頃にはまた法話や講演が再開できればいいなと考えています。

いま一番困っているのは手のほうで、長く寝ていたせいで手に力が入らなくてペンがまともに握れないのです。六十年も小説を書きつづけてきたのに、いまはまったく書くことができない。短いエッセイなどは口述筆記もできますが、小説になるとそうはいきません。

『死に支度』のあと、私にはもう何も書くものはないと思っていましたが、いまはやっぱり書きたいと思っています。今回の病気を経験して、病気や死、苦しみなどに対する考え方が私のなかで大きく変化しました。それに、全身麻酔で味わった「無」の感覚があんまりいい気持ちだったので、もう少し確かめたい気持ちがあります。

どう書けばいいかはまだ頭のなかでまとまっていませんが、何かそういう湧き出てくるものがある。これが小説家としての才能だとすれば、まだまだ自分の才能は枯れてないと思うのです。

初出

愛するということ　寂庵カセット法話

一九八八年七月十二日に寂庵にて語りおろし

生きるということ　寂庵カセット法話

一九八八年十二月二十日に寂庵にて語りおろし

老いて華やぐ　寂庵カセット法話

一九八九年二月二十七日に寂庵にて語りおろし

九十二歳の死生観　九十二歳の大病で死生観が変わった

「文藝春秋」二〇一五年三月号

本書は文庫オリジナルです

文春文庫

老いて華やぐ

定価はカバーに表示してあります

2022年4月10日　第1刷

著　者　瀬戸内寂聴

発行者　花田朋子

発行所　株式会社 文藝春秋

東京都千代田区紀尾井町 3-23　〒102-8008
TEL　03・3265・1211㈹
文藝春秋ホームページ　http://www.bunshun.co.jp

落丁、乱丁本は、お手数ですが小社製作部宛お送り下さい。送料小社負担でお取替致します。

印刷製本・凸版印刷

Printed in Japan
ISBN978-4-16-791866-8

（　）内は解説者。品切の節はご容赦下さい。

鈴木智彦
ヤクザと原発　福島第一潜入記
暴力団専門ライターが、福島第一原発にジャーナリストでは初めて作業員として潜入。高濃度汚染区域という修羅場を密着レポートし、原発利権で暴利をむさぼるヤクザの実態も明かす。
す-19-1

須田桃子
捏造の科学者　STAP細胞事件
誰が、何を、いつ、なぜ、どのように捏造したのか？　歴史に残る研究不正事件をスクープ記者が追う。大宅賞受賞作に新章を追加した「完全版」。大幅増補で真相に迫る。（緑　慎也）
す-24-1

瀬戸内寂聴
源氏物語の女君たち
紫式部がいちばん気合を入れて書いたヒロインはだれ？　物語に登場する魅惑の女君たちを、ストーリーを追いながら徹底解説。寂聴流、世界一わかりやすくて面白い源氏物語の入門書。
せ-1-22

高木俊朗
インパール
太平洋戦争で最も無謀だったインパール作戦の実相とは。徒に死んでいった人間の無念。本書が、敗戦後、部下に責任転嫁、事実を歪曲した軍司令官・牟田口廉也批判の口火を切った。
た-2-11

高木俊朗
抗命　インパール2
コヒマ攻略を命じられた烈第三十一師団長・佐藤幸徳中将は、将兵の生命こそ至上であるとして、軍上層部の無謀な命令に従わず、師団長を解任される。「インパール」第二弾。
た-2-12

高木俊朗
全滅・憤死　インパール3
インパール盆地の湿地帯に投入された戦車支隊の悲劇を描く「全滅」。〝祭〟第十五師団長と参謀長の痛憤を描く「憤死」。戦記文学の名著、新装版刊行にあたり、二作を一冊に。
た-2-13

立花　隆
臨死体験（上下）
まばゆい光、暗いトンネル、そして亡き人々との再会——人が死に臨んで見るという光景は、本当に「死後の世界」なのか、それとも幻か。人類最大の謎に挑み、話題を呼んだ渾身の大著。
た-5-9

（　）内は解説者。品切の節はご容赦下さい。

小川三夫・塩野米松　聞き書き
棟梁　技を伝え、人を育てる
法隆寺最後の宮大工の後を継ぎ、共同生活と徒弟制度で多くの弟子を育て上げてきた鵤（いかるが）工舎の小川三夫棟梁。後世に語り伝える技と心。数々の金言と共に、全てを語り尽くした一冊。
お-55-1

大竹昭子
須賀敦子の旅路　ミラノ・ヴェネツィア・ローマ、そして東京
旅するように生きた須賀敦子の足跡を生前親交の深かった著者がたどり、その作品の核心に迫る。そして、初めて解き明かされる作家・須賀敦子を育んだ「空白の20年」。（福岡伸一）
お-74-1

大杉　漣
現場者（げんばもん）　300の顔をもつ男
若き日に全てをかけた劇団・転形劇場の解散から、ピンク映画で初めて知った映像の世界、北野武監督との出会いまで――。現場で生ききった唯一無二の俳優の軌跡がここに。（大杉弘美）
お-75-1

海音寺潮五郎
明智光秀をめぐる武将列伝
日本史上の武将たちの史実の姿に迫った大人気シリーズから、明智光秀とともに天下を競った武将たち、道三、信長、秀吉、家康らの評伝を集めた愛蔵版。
か-2-62

鹿島　茂
渋沢栄一　上　算盤（そろばん）篇
生涯で五百を数える事業に関わり、日本の資本主義の礎を築き、ドラッカーも絶賛した近代日本最高の経済人。彼の土台となったのは、論語と算盤、そしてパリ仕込みの経済思想だった！
か-15-8

鹿島　茂
渋沢栄一　下　論語篇
明治から昭和の間、日本の近代産業の発展に深く関わりながら、九十まで生きた後半生を、福祉や社会貢献、対外親善に捧げた渋沢栄一。現代日本人に資本主義のあり方を問い直す一冊。
か-15-9

かこさとし
未来のだるまちゃんへ
『だるまちゃんとてんぐちゃん』などの絵本を世に送り出してきた著者。戦後のセツルメント活動で子供達と出会った事が、絵本創作の原点だった。全ての親子への応援歌！（中川李枝子）
か-72-1

（　）内は解説者。品切の節はご容赦下さい。

清原和博
清原和博 告白
栄光と転落。薬物依存、鬱病との闘いの日々。怪物の名をほしいままにした甲子園の英雄はなぜ覚醒剤という悪魔の手に堕ちたのか。執行猶予中1年間に亘り全てを明かした魂の「告白」。
き-48-1

佐野眞一
旅する巨人
宮本常一と渋沢敬三
柳田国男以降、最大の業績を上げたといわれる民俗学者・宮本常一の生涯を、パトロンとして支えた財界人・渋沢敬三との対比を通して描いた傑作評伝。第二十八回大宅賞受賞作。（稲泉　連）
さ-11-8

佐々木健一
辞書になった男
ケンボー先生と山田先生
一冊の辞書を共に作っていた二人の男、見坊豪紀と山田忠雄はやがて決別、二冊の国民的辞書が生まれた。「三国」と「新明解」に秘められた衝撃の真相。日本エッセイスト・クラブ賞受賞。
さ-69-1

佐々木健一
Mr.トルネード
藤田哲也 航空事故を激減させた男
1975年NYで起きた航空機墜落事故。誰も解明できなかった事故原因を突き止めたのが天才科学者・藤田哲也。敗戦からアメリカへわたった彼の数奇な運命とは？（元村有希子）
さ-69-2

城山三郎
「粗にして野だが卑ではない」
石田禮助の生涯
三井物産に三十五年間在職、華々しい業績をあげた後、七十八歳で財界人から初めて国鉄総裁になった〝ヤング・ソルジャー〟の堂々たる人生を描く大ベストセラー長篇。（佐高　信）
し-2-17

城山三郎
もう、きみには頼まない
石坂泰三の世界
第一生命、東芝社長を歴任、高度成長期に長年、経団連会長を務め、大阪万国博覧会では協会会長を務めるなど、〝日本の陰の総理〟〝財界総理〟と謳われた石坂泰三の生涯を描く長篇。
し-2-23

田辺聖子
古今盛衰抄
古き代に生まれ、恋し、苦しみ、戦い、死んでいった14人の歴史のスターたち。そんな愛すべき人びとは、歴史の中で何を思い、いかに生き、死んでいったのか。古典&歴史文学散歩。（大和和紀）
た-3-55

（　）内は解説者。品切の節はご容赦下さい。

夏目鏡子 述・松岡 譲 筆録
漱石の思い出
見合いから二十年間を漱石と共に生きた鏡子夫人でなければ語り得ない、人間漱石の数々のエピソードを松岡譲が筆録。漱石研究に欠かせない古典的価値を持つ貴重な文献。（半藤末利子）
な-28-1

中原一歩
小林カツ代伝
私が死んでもレシピは残る
戦後を代表する料理研究家・小林カツ代。「家庭料理のカリスマ」と称された天性の舌はどのように培われたのか。時代を超えて愛される伝説のレシピと共に描く傑作評伝。（山本益博）
な-81-1

新田次郎・藤原正彦
孤愁〈サウダーデ〉
新田次郎の絶筆を息子・藤原正彦が書き継いだポルトガルの外交官モラエスの評伝。新田の精緻な自然描写に、藤原が描く男女の機微。モラエスが見た明治の日本人の誇りと美とは。（縄田一男）
に-1-44

蜷川実花
蜷川実花になるまで
好きな言葉は「信号無視」！　自由に生きるためには何が必要なのか。様々な分野を横断的に活躍する稀代のカリスマ写真家が語る、人生と仕事について。初の自叙伝的エッセイ。
に-24-1

羽生善治
羽生善治　闘う頭脳
ビジネスに役立つ発想のヒントが満載！　棋士生活30年を越え、常にトップを走り続ける天才の卓越した思考力、持続力、発想力はどこから湧き出るのか。自身の言葉で明らかにする。
は-50-1

福田和也
乃木希典
旅順で数万の兵を死なせた「愚将」か、自らの存在をもって帝国陸軍の名誉を支えた「聖人」か？　幼年期から殉死までをつぶさに追い、乃木希典の実像に迫る傑作評伝。（兵頭二十八）
ふ-12-6

三好　徹
チェ・ゲバラ伝　増補版
世界記憶遺産として南米だけでなく全世界で人気を誇る英雄・ゲバラ。裕福な一族に生まれた男は、なぜ医者の道を捨て、革命に身を投じたのか？　不朽の傑作評伝。新章追加。
み-8-13

（　）内は解説者。品切の節はご容赦下さい。

みうらじゅん　編
清張地獄八景
松本清張を敬愛するみうらじゅんの原稿を中心に、作家や映像化に携わった役者、夫人や元同僚による清張に関する記事、清張自身が書いた手紙や漫画などたっぷり収録。入門書に最適。
み-23-9

向田和子
向田邦子の遺言
どこで命を終るのも運です——死の予感と家族への愛。茶封筒の中から偶然発見した原稿用紙の走り書きは、姉邦子の遺言だった。没後二十年、その詳細を、実妹が初めて明らかにする。
む-9-3

村上世彰
生涯投資家
二〇〇六年、ライブドア事件に絡んでインサイダー取引容疑で逮捕された風雲児が、ニッポン放送株取得の裏側や、投資家としての理念と思いを書き上げた半生記。（池上　彰）
む-17-1

森本俊司
ディック・ブルーナ　ミッフィーと歩いた60年
小さなうさぎの女の子ミッフィーの絵本は、多くの国で翻訳され、世界中の子どもたちに愛されてきた。作者ブルーナに取材をしてきた著者がその生涯をたどった本格評伝。（酒井駒子）
も-31-1

山川静夫
私の「紅白歌合戦」物語
令和元年暮れに七十回目を迎えた紅白歌合戦。昭和四十九年より九年連続で白組司会を務めた元NHKアナウンサーだから書ける舞台の裏側。誌上での再現放送や、当時の日記も公開。
や-13-6

文藝春秋　編
吉村昭が伝えたかったこと
3・11後に多く読まれた『三陸海岸大津波』『関東大震災』の検証、吉村昭の史実へのこだわりと姿勢を各界識者が解説、全作品ガイドと年譜も収録。今こそ知りたい誠実な箴言。
よ-1-90

文藝春秋　編
高倉健　Ken Takakura 1956–2014
2014年11月10日、83歳で亡くなられた高倉健さん。日本映画の黄金時代そのものだった健さんの、清廉高潔な生き方と魅力を余すことなく伝える追悼本の決定版。
編-2-56

（　）内は解説者。品切の節はご容赦下さい。

五木寛之
杖ことば
心に残る、支えになっている諺や格言をもとにした、著者初の語り下ろしエッセイ。心が折れそうなとき、災難がふりかかってきたとき、老後の不安におしつぶされそうなときに読みたい一冊。

い-1-36

上野千鶴子
おひとりさまの老後
結婚していてもしてなくても、最後は必ずひとりになる。でも、智恵と工夫さえあれば、老後のひとり暮らしは怖くない。80万部のベストセラー、待望の文庫化！　（角田光代）
う-28-1

上野千鶴子
男おひとりさま道
80万部を超えたベストセラー「おひとりさまの老後」の第二弾。死別シングル、離別シングル、非婚シングルと男性〝おひとりさま〟向けに、豊富な事例をまじえノウハウを指南。（田原総一朗）
う-28-2

上野千鶴子
ひとりの午後に
世間知らずだった子供時代、孤独を抱えて生きていた十代のころ……。著者の知られざる生い立ちや内面を、抑制された筆致で綴ったエッセイ集。　（伊藤比呂美）
う-28-3

上野千鶴子
上野千鶴子のサバイバル語録
「万人に感じ良く思われなくてもいい」「相手にとどめを刺さず、もてあそびなさい」――家族、結婚、仕事、老後、人生を前向きに生きたいあなたへ。過酷な時代を生き抜く140の金言。

う-28-4

岡田斗司夫
レコーディング・ダイエット決定版　手帳
岡田斗司夫氏考案の「レコーディング・ダイエット」を実践するための手帳。日々の食べたものと体重と、体脂肪率を記録して、自己管理の習慣を身につけて、太らない体に「変身」しよう。

お-29-3

加納朋子
無菌病棟より愛をこめて
愛してくれる人がいるから、なるべく死なないように頑張ろう。急性白血病の告知を受け仕事も家族も放り出しての緊急入院、抗癌剤治療、骨髄移植――人気作家が綴る涙と笑いの闘病記。

か-33-5

（　）内は解説者。品切の節はご容赦下さい。

ちきりん
未来の働き方を考えよう
人生は二回、生きられる

先の見えない定年延長が囁かれる中ホントに20代で選んだ仕事を70代まで続けるの？　月間200万PVを誇る人気ブロガーが説く「人生を2回生きる」働き方。（柳川範之）

ち-7-1

つばた英子・つばたしゅういち
ききがたり　ときをためる暮らし

夫婦合わせて一七一歳。自宅のキッチンガーデンで野菜を育て、手間暇を惜しまず半自給自足の生活を営む。常識にとらわれず自己流を貫いてきた二人から、次世代への温かなメッセージ。

つ-24-1

藤原智美
つながらない勇気
ネット断食3日間のススメ

ことばがデジタル化への変貌を遂げている今こそ、人間本来の思考力と想像力を取り戻し、豊かな人間関係を築き孤独に耐える力を培う為に、書きことばの底力を信じよう。（山根基世）

ふ-29-2

アーサー・ホーランド
不良牧師！「アーサー・ホーランド」という生き方

新宿路上で「あなたは愛されている」と語り続け、十字架を背負って日本縦断、元ヤクザのクリスチャンを組織して自ら「不良牧師」と名乗る男の半生。序文・松田美由紀。（VERBAL）

ほ-10-1

松岡修造
本気になればすべてが変わる
生きる技術をみがく70のヒント

「自分の人生を、自分らしく生きる」方法を松岡修造が伝授。「自分の取扱説明書を書く」、「決断力養成トレーニング」など、70の具体的な実践例を紹介し、より輝く生き方へと導きます。

ま-27-1

三田　完
あしたのこころだ
小沢昭一的風景を巡る

俳優や俳人、エッセイスト、ラジオの司会者など多才だった小沢昭一さんを偲び、「小沢昭一的こころ」の筋書作家を務めた著者が向島や下諏訪温泉など所縁の地を訪ねて足跡をたどる。

み-37-3

柳田邦男
犠牲（サクリファイス）
わが息子・脳死の11日

「脳が死んでも体で話しかけてくる」。自ら命を絶った二十五歳の息子の脳死から腎提供に至るまでの、最後の十一日間を克明に綴った、父と子の魂の救済の物語。（細谷亮太）

や-1-15

（　）内は解説者。品切の節はご容赦下さい。

内田洋子
ロベルトからの手紙
俳優の夫との思い出を守り続ける老女、弟を想う働き者の姉たち、無職で引きこもりの息子を案じる母――イタリアの様々な家族の形とほろ苦い人生を端正に描く随筆集。（平松洋子）
う-30-2

遠藤周作
生き上手　死に上手
死ぬ時は死ぬがよし……だれもがこんな境地で死を迎えたい。でも死はひたすら恐い。だからこそ死に稽古が必要になる。周作先生が自らの失敗談を交えて贈る人生セミナー。（矢代静一）
え-1-12

江國香織
やわらかなレタス
ひとつの言葉から広がる無限のイメージ――。江國さんの手にかかると、日々のささいな出来事さえも、キラキラ輝いて見えだします。読者を不思議な世界にいざなう、待望のエッセイ集。
え-10-3

小川洋子
とにかく散歩いたしましょう
ハダカデバネズミとの心躍る対面、同郷のフィギュアスケーターの演技を見て流す涙、そして永眠した愛犬ラブと暮らした日々。創作の源泉を明かす珠玉のエッセイ46篇。（津村記久子）
お-17-4

岡田光世
ニューヨークの魔法の約束
大都会の街角で交わす様々な〝約束〟が胸を打つ、大人気シリーズ第七弾。くり返しの毎日に心が乾いていたら、貴方も魔法にかかってみませんか？　文庫書き下ろし。（加藤タキ）
お-41-7

岡田光世
ニューヨークの魔法のかかり方
どこでも使えるコミュニケーション術を初めて伝授する第八弾。笑いと涙の話に明日へのパワーを充電できて英語も学べる！　女優・黒木瞳さんとの対談を特別収録。カラー写真満載。
お-41-8

岡田光世
ニューヨークの魔法は終わらない
道を聞けば周りがみな口を出す。駅のホームで他人同士が踊り始める――心と心が通い合った時、魔法が生まれる。大人気シリーズ最後を飾る書き下ろし。著者の秘蔵話と写真も満載！
お-41-9

文春文庫　最新刊

警視庁公安部・片野坂彰
群狼の海域　濱嘉之
中ロ潜水艦群を日本海で迎え撃つ。日本の防衛線を守れ

楽園の真下　荻原浩
島に現れた巨大カマキリと連続自殺事件を結ぶ鍵とは？

雨宿り　新・秋山久蔵御用控（十三）　藤井邦夫
斬殺された遊び人。久蔵は十年前に会った男を思い出す

潮待ちの宿　伊東潤
備中の港町の宿に奉公する薄幸な少女・志鶴の成長物語

きのうの神さま　西川美和
映画『ディア・ドクター』、その原石となる珠玉の五篇

駐車場のねこ　嶋津輝
オール讀物新人賞受賞作を含む個性溢れる愛すべき七篇

火の航跡〈新装版〉　平岩弓枝
夫の蒸発と、妻の周りで連続する殺人事件との関係は？

小袖日記〈新装版〉　柴田よしき
ＯＬが時空を飛んで平安時代、「源氏物語」制作助手に

夜明けのＭ　林真理子
御代替わりに際し、時代の夜明けを描く大人気エッセイ

女と男の絶妙な話。　悩むが花　伊集院静
週刊誌大人気連載「悩むが花」傑作選、一一一の名回答

サクランボの丸かじり　東海林さだお
サクランボに涙し、つけ麺を哲学。「丸かじり」最新刊

老いて華やぐ　瀬戸内寂聴
愛、生、老いを語り下ろす。人生百年時代の必読書！

800日間銀座一周　森岡督行
あんぱん、お酒、スーツ――銀座をひもとくエッセイ集

自選作品集　**鬼子母神**　山岸凉子
依存か、束縛か、嫉妬か？　母と子の関係を問う傑作選

フルスロットル　トラブル・イン・マインドⅠ　ジェフリー・ディーヴァー　池田真紀子訳
ライム、ダンス、ペラム。看板スター総出演の短篇集！

日本文学のなかへ〈学藝ライブラリー〉　ドナルド・キーン
古典への愛、文豪との交流を思いのままに語るエッセイ